吸血鬼ドックへご案内

赤川次郎

集英社文庫

イラストレーション／ホラグチカヨ
目次デザイン／川谷デザイン

吸血鬼ドックへご案内

CONTENTS

吸血鬼ドックへご案内

吸血鬼、レッドカーペットを行く

ハムレットの悩み

「引き受けるべきか、断るべきか、それが問題だ……」

フォン・クロロックの呟《つぶや》きを聞いて、

「どうしたの？」

と、娘の神代《かみしろ》エリカは顔を上げた。

「——うん？　何だ？」

「今、何か呟いてたじゃない」

「ああ……。いや、大したことではない」

クロロックは首を振って、

「ただ……ちょっと頭を痛めておるのだ」

「何のこと？」

大学生のエリカ、父クロロックが社長をつとめる〈クロロック商会〉へ寄って、

「ちょうど昼休みでしょ！　お昼、おごって！」

と、当然のごとく要求したのである。

「悩みは尽きぬ。人生とはそういうものだ」

「悩んでる割に、きれいにランチ平らげてるよ」

「悩みと空腹は別だ」

と、クロロックは言った。

「何を悩んでるの？」

「うむ……」

クロロックは難しい顔で、

「知っとるか、〈東京ロマンチック映画祭〉というのを」

「ああ、毎年やってるやつでしょ。まだ新しいよね。三年くらい？」

「四年目だ」

「その映画祭がどうしたの？」

「今度の第四回に、わが社もスポンサーとして参加することになったのだ」

「へえ、結構じゃない」

「それでだな……。映画祭のグランプリを選ぶ選考委員になってくれ、との依頼が来たのだ」

「いいじゃない！　私も出席させて」

「まあ、授賞式の当日は大勢だからな」

「みどりや千代子《ちよこ》も来たがるよ、きっと」

大学の親友、橋口《はしぐち》みどりと大月《おおつき》千代子のことだ。

「で、何を悩んでるの？」

「うむ……。もちろん、ミス何とかのコンテストとは違うが、海外、国内のスターとも会う機会がある」

「それで？」

「私はいいが、涼子《りょうこ》がな……」

「ああ」

と、エリカは肯《うなず》いて、

「お母さんも来たがるね」

「それが頭痛の種だ」

クロロックの妻、涼子は後妻で、エリカより一つ年下。まだ小さい虎ノ介《とらのすけ》という男の子がいる。

この涼子が猛烈なやきもちやき。

クロロックが美人スターと会って、ニコニコしていたら、大変なことになる。

「仕方ないよ。お母さんに、うんと派手なドレス買ってあげてさ、エスコートすれば？」

「そうだな」

「いやなの？」

「そうではないが……。スターと話ができんだろう」

エリカはふき出しそうになった。

「スターと話してどうするの？」

「いや、どうということはないが……」

「あ、そうか」

エリカは肯いて、

「じかに話せるもんね、お父さんなら」

日本にずっといるので、エリカもつい忘れそうになるが、クロロックは主なヨーロッパの言葉ならたいていは話せる。

英語はともかく、ドイツ語、フランス語、イタリア語など、ペラペラという日本人は、やはりめったにいない。

「お父さん」

「何だ？」

「誰かお目当てのスターがいるのね？」

図星だったらしく、クロロックは急に赤くなった。

吸血鬼が「赤くなる」のは妙かもしれないが……。

「まあ……あえて言えば、クララ・ブルーメンだな」

「クララ……。ああ、確かドイツ人だよね。昔風の美人」

「うむ。あれこそヨーロッパ数百年の伝統を受け継いだ美女だ」

「あの人、来日するの。――いいよ、お父さん、そのときは私がお母さんを引き受けるから、存分にクララさんとお話ししな」

「エリカ！　さすがは娘だ！　ランチをもう一回食べるか？」

「今はいらない。今度ね」

エリカはしっかり予約した。


「クララ」

と、呼ぶ声がした。

「――クララ様」

昼寝していた女優は、ふっと目を開けた。

ここはどこだったかしら？

渡ってくる風は、どこか潮の匂いがする。――そうだったわ。私は今、船に乗っているんだ。

「あなたね」

クララ・ブルーメンは、デッキチェアから体を起こした。

「お起こしして申し訳ありません」

と言ったのは、みごとな銀髪の男で、

「エリック・メイヤー様からお電話が入っております」

「エリックから？　ありがとう」

ヤン・トロイツというのが、その銀髪の男の名である。年齢はよく分からない。

こんな船の上なのに、きちんとスーツを着て、一分《いちぶ》の隙《すき》もない。

「どうぞ」

ヤンは、クララに衛星電話を渡した。

「ありがとう。――もしもし、エリック？」

ヤンとの会話はドイツ語だが、ここでクララは英語に切り換える。エリック・メイヤーはアメリカの映画スターで、英語しか話せないのだ。

「クララ！　今どの辺りだい？」

と、エリックは訊《き》いた。

「海の上」

と、クララは真面目に答えて、ちょっと笑った。

「正確には、太平洋の上ね。船の甲板のデッキチェアの上」

「全く」

と、エリックは笑って、

「信じられないよ。こんな忙しい時代に、のんびり船の旅なんて」

「私の趣味よ」

「日本に着くのはいつ？」

「あと一週間かしら」

「僕なら、ヨーロッパを一周してるね」

「今はニューヨーク？」

「ロスだよ。明日からロケがある」

「ご苦労様」

「いくら何でも、帰りは飛行機だろうね」

と、エリックは訊いた。

「予定ではね。でも船の旅って、結構気に入ってるの。もしかしたら帰りも船にするかも」

「一体いつアメリカに来る気だい？」

「あら、アメリカでの仕事なんか受けてたかしら」

と、クララは澄まして言った。

そのとき、船の中が少し騒がしくなった。

「あら、何かあったみたい。じゃ、またね、エリック」

「氷山と衝突したなんて言わないでくれよ」

クララは笑って、

「ディカプリオはいないわ。じゃあね」

と、通話を切った。

立ち上がると、

「何かしら……」

と、甲板の突端へ行ってみる。

船の片側に、乗組員や他の乗客が集まっていた。

クララは階段を下りていくと、そこにいたヤンに、

「どうしたの？」

と訊いた。

「ボートが漂ってるんです」

「ボート？」

「人が乗ってるようですが……。こんな大洋の真ん中に、妙ですね」

「海賊じゃないわよね」

「周りに船は見当たりません」

「行ってみましょ」

——この船は、近ごろ流行のクルーズ用の豪華船ではない。

一応客船だが、貨物も積んでいて、そう料金も高くないのである。クララは、むろん充分にお金は持っているが、むだに高く払いたくないので、この船にした。

「おい、生きてるぞ!」

と、誰かが叫んだ。

「引き上げろ!」

手すりから海面を覗《のぞ》くと、それこそ二、三人しか乗れない、小さな手こぎのボートの中に男が一人、倒れている。

こっちの乗組員が、縄ばしごを下ろしてボートへ下りると、倒れていた男に救助用のベルトを巻きつけ、引き上げた。

甲板へ横たわった男の周囲には、たちまち人垣ができる。

船医が駆けつけてきて、

「すぐ中へ運べ!　ひどい日焼けだ。脱水症状も起こしてるだろう」

乗組員たちが、その男を中へ運び込むのを、クララは見ていたが、ふと視線を海上のボートの方へ移した。

すると——波に大きく揺れていたボートが、突然崩れるようにバラバラになって、海面から消えてしまったのである。

クララは目を疑った。

しかし、確かにボートは見えなくなり、しかも破片も浮かんでいない。

こんな妙なことがあるの？

クララは首をかしげた。

あの助けられた男は、金髪で、まだ三十そこそこに見えた。船員ではないらしい、というのは、どう見てもタキシードのズボンとシャツを身につけていたからだ。

まるでパーティの席から急にボートへ飛び移った、とでもいう様子だ。

「まあ、私には関係ないけど……」

と、クララは呟いた……。

幽　霊　船

深夜、クララは月の明かりの差す甲板へと出た。

日本へはあと三日。――風も爽《さわ》やかだった。

水平線の辺りに、月がキラキラと映っている。

この航海は静かだったわ……。

海が荒れることもなく、船内でもトラブルはなかった。

確かに、エリックのように忙しく駆け回るのが生きがい、という人間には、こんな旅は時間のむだだろう。しかし、クララはもともとのんびりするのが好きだ。

何日もぼんやり過ごせるのである。

でも日本に着いたら――いい国ではあるが、「予定」ですべてが動くのが辛《つら》い――こんな時間はなくなる。

「今のうちにのんびりしておきましょう」

と、クララは呟《つぶや》いて、大きく伸びをした。

そのとき――下の甲板の方から、奇妙な声が聞こえた。

短い悲鳴とも、叫び声ともつかない。しかし、すぐにかすれて消えた。

「何かしら?」

こんな時間に起きているのは、乗組員くらいのものだと思うが……。

手すりから身をのり出すと、クララは下の甲板を覗《のぞ》き込んだ。

月明かりに照らされた甲板に、白い航海士の制服が目に入る。航海士は、よろけながら月明かりの下へ出てくると、その場でバタッと倒れた。

「まあ……」

下の甲板へ下りる階段へと急ぐと、クララはカタカタと足音を立てて下りた。

倒れている航海士へ駆け寄ると、

「どうしたんですか!」

と、呼びかけて、うつぶせの体を返してみた。

クララは息をのんだ。

航海士の喉がパックリと裂かれて血に染まっていた。むろん、もう息はない。

いったい、どうして……。

クララは背後の気配に振り返った。

影の中から進み出てきたのは、あのボートの男だった。

クララは立ちすくんでいた。

あの男の口から溢《あふ》れるように血がこぼれ落ちて、白いシャツを染めていた。

「あなたは……何なの？」

クララはドイツ語で訊《き》いていた。

男はじっとクララを見つめて、

「あなたは、夢の女性だ！」

と言った。

「え？」

「この出会いは運命だ。——私についてきてくれ」

男が手を伸ばした。白くて長い指が、クララの腕に触れる。クララはゾッとして身をひくと、

「乗組員はどうしたの！」

「もう一人も生きていない。——どうしても大量の血が必要だったのでね」

「血が？」

「他の船客も、もう同じ運命を辿っている。あとはあなただけだ」

「近寄らないで！　化け物！」

と、クララは後ずさって、手すりにぶつかった。

男はちょっと笑って、

「どうする？　飛び込めば溺れ死ぬぞ」

と言った。

「溺れるのは苦しい。私の言う通りにすれば、あなたには永遠の命が手に入る」

「永遠の命？」

「そうとも。欲しくないか」

クララは、真っ直ぐに男の不気味に光る目を見ていた。——人間ではないのだ。

こんな奴の仲間にされてたまるもんですか！

「いらないわ！」

と、クララは言った。

「では仕方ない」

男がクララに飛びかかった。

「いや、心配だな」

と、クロロックは首を振って言った。

「どうしたの？」

居間でのんびりしていたエリカが顔を上げる。

「今、ファックスが来てな」

と、クロロックはソファに座ると、

「あのクララ・ブルーメンの乗った船が、消息を絶ったそうだ」

「船？　飛行機じゃないの？」

「彼女は飛行機の旅が好きでないそうでな。のんびりと船旅で来日のはずだった」

「沈没？」

「分からん。全く連絡が途絶えてしまったそうだ」

「へえ……。今はやりの海賊とか？」

「いや、もう日本にかなり近いはずだ。そんな所に海賊は出ない」

「じゃ、どうして……」

「分からんな」

と、クロロックは深刻な表情で、

「何もなければよいが……」

玄関のチャイムが鳴って、少しして涼子《りようこ》が居間に顔を出した。

「あなた。お客様よ」

「客？　誰だ」

「さあ。ご自分で訊いて」

涼子の冷ややかな様子から見て、若い女性に違いない、とエリカは思った。

「——失礼します」

スーツ姿の、キリッとした印象の女性が入ってきた。

「何だ、沙知子《さちこ》君か。——西村《にしむら》沙知子君といって、今度の映画祭の事務局で働いてくれている」

「クロロックさん、すぐ一緒にいらして下さい」

「どうした？」

聞いていた涼子が、

「うちの主人を、どこへ連れ出す気？」

と、文句をつける。

「お母さん」

と、エリカがなだめて、

「お父さんの仕事の話だよ」

「怪しいもんだわ」

「クロロックさん、クララさんの乗った船が、さっき入港したと――」

「おお、それは良かった！」

「でも妙なんですって」

「というと？」

「人の姿が全く見えないって……。一緒に見て下さい」

「分かった。すぐ出かけよう」

と、クロロックが立ち上る。

「あなた」

と、涼子が怖い目をして、

「遅くなるようなら、電話するのよ！」

「いや、申し訳ない」

クロロックは車の中で冷や汗をかいていた。

「何しろ、うちの奴はやきもちやきで……」

「可愛い方じゃありませんか」

と、助手席の西村沙知子は振り向いて、

「私なら、クロロックさんにくっついて歩いて、絶対に離れません」

後部座席にクロロックと並んで座ったエリカは、クロロックがポッと頰を染めるのを見て、笑いをかみ殺した。

――しかし、埠頭に近づくと、クロロックの顔つきは変わってきた。

「エリカ、分かるか」

「うん。――血の匂いだね」

「血の匂い？」

と、沙知子がびっくりして振り向く。

「沙知子君、君はこの辺で降りた方がいい」

「いえ、わたしはクララさんをお迎えする責任があります」

「そうか。――なら、ドライバーを降ろして、君、運転してくれるか」

「はい」

沙知子がハンドルを握り、車は桟橋へと近づいていった。

「あの船か」

大きな船が横づけされている。

「誰が動かしてたんだろう?」

と、エリカは言った。

「何かまともでない力だな」

船から少し離れて、数人の男たちが立っていた。

車を停めて、三人は降りると、改めて船を見上げた。

エリカにも感じられた。

この船には何かがとりついている。

そして血の匂い……。

「ここは我々に任せなさい」

と、クロロックは港の係官や警官たちへ言った。

薄気味の悪さは誰もが感じていたのか、言われるままにみんな退がっていった。

「クロロックさん……」

「船に入る。――君はここにいなさい」

「でも……大丈夫ですか？」

「分からんな」

クロロックはエリカを促した。

エリカは父について、船の近くへ行くと、錨《いかり》が海中へ下りているのを見て、

「あの鎖から？」

「そうするか」

二人は身軽に飛んで錨につながる太い鎖につかまると、スルスルと辿って船の甲板へと上がった。

ひっそりと静まり返って、人の気配はない。

「どうも、ただごとではないな」

と、クロロックは呟いた。

月明かりの下、甲板は暗くはなかったが、目に見える「暗さ」以外の闇が、辺りを包んでいた。

そのとき、

「あなたはどなた？」

と、ドイツ語の言葉が頭上から聞こえた。

二人が見上げると、上の甲板から、白いドレスをまとった彫像のような女性が見下ろしている。

「フォン・クロロックと申します」

と、マントを広げて挨拶すると、

「クララ・ブルーメン様ですな」

「クララです」

「お迎えにあがりました」

「それはどうも」

女優は、白いドレスを風になびかせながら、下の甲板へ下りてきた。まるで体重のない空気のようだ。

「エリカ、下船用の階段を」

「はい」

見当をつけてボタンを押すと、チェーンで吊られた下船用の階段がモーターで動き出し、岸壁へと伸びていった。

沙知子が駆け寄ってくる。

「参りましょう」

クロロックがクララの白い手をそっと取って、階段の方へ促した。

そのとき、船の明かりが一斉に点《つ》いて、甲板にはスピーカーから音楽が流れ出した。

誰もが唖然とする中、クララとクロロックは静かに階段を下りていった。

エリカは、船から不吉な空気が消えているのを感じた。

そして、甲板から見下ろすと、報道陣の車が殺到してくるのが目に入った……。

パーティ

「ここに〈東京ロマンチック映画祭〉の開催を宣言します！」

と、首相がグラスを上げると、ワーッという歓声と拍手が広いパーティ会場を満たした。

「やれやれ」

と、クロロックが言った。

「これだけのために、ＳＰが何時間も前から会場へやってきて大騒ぎだ」

「どうして首相が？」

と、エリカが訊《き》く。

「幹事の映画会社の社長が親しいらしくてな。開会宣言だけでも、と頼み込んだらしい」

「変なの」

首相は早々にガードされながらパーティ会場を抜けて引き上げてしまった。

いなくなれば、SPの姿もアッという間に消えて、後はごく普通のパーティ。

ただ、会場のあちこちに、「スター」を囲む人の塊《かたまり》ができている。

「エリカ！　華やかだね」

と、大月千代子《おおつきちよこ》がやってくる。

むろん、橋口《はしぐち》みどりも一緒。二人とも貸衣装のドレス姿。

エリカは今日のためにドレスを作ってもらった。——見たところはお洒落だが、

万一何かあったときは動きやすいようになっている。

「まあ、ゆっくり楽しんでくれ」

と、クロロックが笑顔で言った。

「はい」

「食べます！」

と言ったのは、むろんみどりである。

「でも、エリカ」

と、千代子が少し声をひそめて、

「例の幽霊船のことはどうなったの？」

「どうにもならないわよ。あの船にいたのはクララ・ブルーメン一人。他の乗組員も乗客も、どこかへ消えちゃった」

「クララはどう言ってるの？」

「それが、何日も眠ってたんだって」

「何日も？」

「ふしぎな眠気に襲われて、眠り込んで、気がついたら、埠頭に着いてたって」

「本当かな」

「分からないけど、何しろ大スターだからね。調べる方も、相手ドイツ人なわけだし」

「船の中の様子は、ずっとここんとこＴＶのワイドショーでやってるね」

「うん。——荒らされた様子もないし、きれいなものよね」

エリカには、そしてもちろんクロロックにもあの船の方々に残る血の匂いは感じられたのだが、おそらく調べても検出されなかっただろう。

この奇妙な出来事は、クララというスターが乗り合わせたこともあって、海外でも話題になっていた。

同時に、この〈東京ロマンチック映画祭〉にとっては、その名を世界に知ってもらう機会にもなったのである。

西村《にしむら》沙知子《さちこ》がやってきた。——いつもと同じ、地味なスーツ姿だ。

「今、首相が帰られました」

と、息をついて、

「帰りぎわに、突然『クララさんのサインをもらってくれ』とか言い出して。——後で秘書室宛てに送ると言っておきました」

「ご苦労様」

と、エリカは笑って言った。

「あら、誰かしら」

沙知子のケータイが鳴ったのである。

「――もしもし。――ヤァ」

沙知子はドイツ語になった。そして、

「クララさんに、って。――困ったわ」

「誰から？」

「ヤン・トロイツさんと言ってます」

「どこかで聞いた名前だわ」

と、エリカはちょっと考えて、

「それって、あの船に乗ってた、クララさんの秘書じゃなかった？」

「本当だ！」

と、沙知子も気づいて、

「クララさんを捜しましょう」

「たぶん、お父さんがそばに――。あ、あそこにいる」

と、エリカは人をかき分けていった。

「お父さん！」

「おお、エリカ。クララさんと話すには一時間は並ばんといかんぞ」

「そんなこと言ってる場合じゃないよ！」

事情を聞いて、クロロックは、スポンサー企業の社長夫人と話していたクララを引っ張ってきた。

話を聞いて、クララもびっくりした様子で、すぐ沙知子のケータイに出た。

「――あの船の唯一の生存者ってこと？」

と、エリカは言った。

「クララさんを含めて二人ということになるな」

クララが、クロロックに話しかけてきた。

「エリカ、ヤン・トロイツという秘書は、あの埠頭近くの古い倉庫に閉じこめられているそうだ。お前、行ってくれるか。私はここを離れられん」

「分かった。もしドレスが破れたら、また買ってよ」

「私がご一緒に」

と、沙知子が言った。

「そうだな、君はドイツ語が分かる。頼むぞ」

「エリカさん、私の車で行きましょう」

と、沙知子が促し、二人は急いでパーティ会場から出ていった。


「——この辺でしょうね」

と、沙知子は車をゆっくりと走らせた。

あの「幽霊船」が着いた埠頭から数百メートル。——夜の海辺は静かだった。

いくつか並んだ古い倉庫。今は使われていない。

「でも、ふしぎだな」

と、エリカは言った。

「そのヤン・トロイツはどうして沙知子さんのケータイの番号を知ってたんだろ」

「緊急の連絡先として、書き添えておいたのです」

「そう。でも、どうやって電話したのかしら？」

「さあ、それは私にも分かりません」

もし、ヤンがケータイを持っていたのなら、もっと早く連絡しただろう。

「——妙な匂いがする」

と、エリカは言った。

「え？　——私には分かりませんけど。エリカさんもクロロックさんも、ずいぶん敏感なんですね、匂いに」

「生まれつきね」

吸血鬼だから、と言っても信じてもらえないだろう。

「でも、私にも何だかこげくさいのが……」

「ここだ」

エリカが言った。

「車を停めて！」

急いで車を降りると、その倉庫を見上げる。

白い煙が、高い窓から出ていた。

「まあ、火事でしょうか?」

沙知子も建物を見上げる。

そのとき、窓から人の頭が覗《のぞ》いた。何か叫んでいる。

「助けてくれと言ってます」

エリカたちは倉庫の中へ入ろうとしたが。正面の扉を開けると、猛烈な煙で、一寸先も見えない。

そして、炎が一階部分に広がっていた。

「どうしましょう? あの高さじゃ、飛び下りたら死にます」

「じゃ、外壁を上っていくしかないね」

「まさか! はしごもないのに?」

「私、ロッククライミングが趣味なの。――危ないから離れてて」

エリカは、煙をふき出す窓の下へと急ぐと、雨樋《あまどい》を伝って、スルスルと上っていった。

窓からは炎も見え始めていた。

「――そこにいる？」

と、エリカは呼びかけた。

もう中で火に包まれてしまったのか。

エリカは弾みをつけて、窓に向かって飛んだ。

「ヤン！　いますか！」

と、中へ呼びかけて覗く。

火が天井にも回っていた。そして、エリカの声を聞いたのか、煙の中から誰かがよろけるように現れた。

服に火がついて燃えている。

エリカは、一秒を争う事態だと分かった。でも、どうやって……。

「仕方ない！」

エリカは思い切って、火のついたその男の体を抱きしめると、

「行くわよ！」

と、ひと声（日本語は通じなかっただろうが）、窓から一緒に身を躍らせた。

その勢いで落ちたら、エリカだって、ただでは済まない。地面に落ちる直前、思い切りエネルギーを下に向かって放った。

それが地面に当たって、ブレーキの役割を果したのだ。二人は地面にドサッと落ちたが、ショックは小さかった。

「エリカさん！」

沙知子が叫んだ。

「毛布か何かを！　火を消して！」

「はい！」

沙知子が車のトランクを開け、敷いてあった布をつかんで駆けてくる。

エリカは布で男の体を包んでバタバタと叩いて火を消した。

「――救急車を！」

「はい！　エリカさん、大丈夫ですか？」

「火傷《やけど》はしてないけど……」

エリカはあちこちこげて煙を上げている自分のドレスを見下ろすと、

「今日初めて着たのに……」

と、情けない顔で呟《つぶや》いた。

レッドカーペット

「あなた、髪のこの辺、おかしくない?」

と、涼子《りようこ》が訊《き》いた。

「ああ、大丈夫。可愛いよ」

と、クロロックが答える。

「本当? ――でも、やっぱり赤のドレスって、良くなかったんじゃない? レッドカーペットに赤のドレスじゃ目立たないわ」

「同じ赤でも、色合いが違う。充分目立ってるとも」

「そう?」

「何といっても中身が輝いている」

「あなたったら……」

涼子が素早くクロロックの頰にキスした。

――大型のリムジンの中で、夫婦は何とも呑気《のんき》なやりとりをしている。

今日は〈東京ロマンチック映画祭〉の初日である。

ゆうべのパーティに出られなかった涼子だが、初めから狙いは今日の初日。レッドカーペットを、クロロックと腕を組んで歩くことになっているのである……。

それでも、手鏡を見ながら化粧を直したりしている涼子を見ながら、クロロックはケータイでエリカへかけた。

吸血鬼がケータイを使う時代になったのだ！

「エリカか。そっちはどうだ？」


「今、病院に入るとこ」

と、エリカは言った。

「様子を見てから、直接会場に行くよ」

「うむ。用心しろ」

「分かってる」

エリカは、ケータイをバッグに戻した。

昨日、あの倉庫で炎の中から救い出したヤン・トロイツの様子を見に来たのである。

火傷《やけど》はかなりひどいが、命に別状ないと聞いていた。

エリカのドレスは、あちこち燃えて台なしになってしまったので、何とか今日、新しく買ってきて間に合わせた。

エリカは、病院の受付で、

「ヤン・トロイツさんの病室は？」

と訊いた。

あの船で、そしてあの倉庫で何が起こったのか、ヤンはまだ説明できない様子で、今も謎のままだ。

——教わった病室を見つけると、エリカは廊下を見渡して、ちょっと不安になった。

確か、警官が一人、監視についているはずなのだが……。

「失礼します……」

と、エリカはドアを開けて病室へ入った。

一瞬、息を呑んだ。

床に二人倒れていた。一人は警官だ。そしてもう一人は、白衣の女性看護師だった。

ベッドは空だった。

警官も看護師も、喉をかみ切られている。出血は多くなかった。

あれは——ヤンではなかったのか？

それとも、ヤンこそが「吸血鬼」だったのか。

エリカは病室を飛び出した。

「次々にスターが到着し、レッドカーペットを進んでいきます！」

リポーターの声がいくつも飛び交っている。

主要会場のホール前には、大勢の報道陣と見物客に挟まれて、強烈なライトの下、色も鮮やかなレッドカーペットが五十メートル近くも敷かれて、次々に盛装したスターたちが通っていく。

フラッシュがたかれ、カメラが回る。

「クララ・ブルーメンが到着しました！　あのふしぎな〈幽霊船〉騒ぎもありましたが、今夜は疲れの色も見せず、カーペットを静かにやってきます！」

さすがに、長く裾を引きずるドレス姿が絵になっている。ただ美しいだけでなく、こういう場に慣れ、なじんでいるのだ。

穏やかな微笑を浮かべたクララをエスコートしているのは、端正な面立ちの外国人男性だった。

「一緒なのは誰でしょう？」

と、リポーターも首をかしげている。

上背もあり、タキシードがぴたりと合っている。

まぶしいほどのフラッシュに、その男性はちょっと眉をひそめたが、クララの方は楽しんでいる。

レッドカーペットを踏んで、ホールの中へ入ろうとしたとき、リムジンが着いて、クロロックが涼子と二人で降りてきた。

「今回のスポンサー企業の一つ、〈クロロック商会〉の社長、フォン・クロロック氏と奥様です！」

と、リポーターが声を上げると、クララをエスコートした男性が足を止めて振り返った。

クロロックはにこやかに左右へ目をやりながら、涼子と共にレッドカーペットを進んできた。

「クロロックさん……」

クララが言った。

「色々ありがとうございました」

「いや、今日は一段とお美しい」

ドイツ語でそう言うと、クロロックの目は連れの男へと向いた。

クロロックが何か言うと、相手も同じ言葉で返した。

「何語なの？」

と、涼子が訊く。

「古い言葉だ。ヨーロッパの」

と、クロロックが言った。

そのとき、見物人の間で悲鳴が上がった。

人垣がワッと割れると、全身を包帯で巻かれた男がよろけるように現れた。

「まあ、ヤン！」

と、クララが言った。

「お父さん！」

エリカが車の上を飛び越えて駆けてくると、

「病院の看護師と警官がやられた！」

「エリカ、涼子を頼むぞ」

「看護師たちを殺したのはその包帯の男ではない。このタキシードの男だ」

「お父さん――」

「え?」

「血の匂いで分かる。――ヤンは、吸血鬼と入れ替わったと思わせるために顔を焼かれたのだ」

「じゃあ……」

「よく分かったな」

と、タキシードの男は言った。

「お前が船から海へ入って上陸したのは気づいていた。しかし、クララさんをどうしたのか、確信が持てなかったのでな」

「同じ一族なのに、お前は日本へ逃げた」

「吸血族は一人一人が孤独なのだ。なぜ現れた」

と、クロロックは言った。

「船が難破したのだ。――何百年もの航海だった。救われたあの船で、私は生き返った」

「人間に危害を加えるな。もう手遅れだが」

「そうだ。もう遅い。しかし、私は今日、世界中が注目している中、ここで我々の復活を宣言してやる」

「むだなことだ」

と、クロロックは言った。

包帯に包まれたヤンが、男へつかみかかった。

「よせ！」

クロロックが止めようとしたが、遅かった。

男はヤンの首をつかむと、右手の鋭い爪でヤンの喉を一文字に切り裂いた。

クララが叫び声を上げる。

ヤンは血をふき出して、倒れた。

「クロロックさん！」

西村《にしむら》沙知子《さちこ》が駆けてきた。

「来るな！　危ない！」

タキシードの男は目にも止まらぬ速さで動くと、沙知子を背後から抱きしめ、白い喉に爪を当てた。

「よせ！　これ以上血を流すな！」

と、クロロックが叫ぶ。

「近寄ればこの女を殺すぞ！」

男の口もとに、鋭く尖《とが》った牙が覗《のぞ》いた。

「——我々だけの問題だ」

と、クロロックは言った。

「いや、私とお前で、この世界を支配してやるのだ」

「愚かな！　力で支配する時代ではない。誰もが互いを認め合って生きるのだ」

「私はごめんだ。この女の血をもらって、さらに力をつける」

男の牙が、沙知子の首に食い込もうとした。そのとき——沙知子の手に銀色に光る刃《やいば》があった。

刃が男の胸を刺した。

男は目を見開いて、

「おのれ！」

男の爪が沙知子の喉を裂いて、血がふき出す。

クロロックは一気に宙を飛ぶと、男の背後に下りると同時に、男の体をつかんだ。

力をこめて、男の体を握りしめると、男は苦しみ悶えた。

そして、突然全身が崩れて灰になった。

「沙知子君！」

倒れた沙知子をクロロックは抱き起こした。

「クロロックさん……」

苦しげにかすれた声で、

「私は……使命を受けた……吸血鬼狩りの一人です……」

「察していた。――あの銀の剣で、なぜ私を刺さなかった？」

「あなたも……エリカさんも、人間のために働いておられた……。良かった……。

あなた方を殺さなくて……」

「傷口をふさいでやる！　しっかりしろ」

「いえ……。深い傷です……。もう……」

沙知子はぐったりと頭を垂れた。

「――可哀そうなことをした」

クロロックはため息をついた。

「お父さん……」

エリカは周囲を見回して、

「催眠術、かけたの？」

周囲の見物人たちも、ぼんやりと宙を見ている。

「こんな場面を見せられん」

と、クロロックは言った。

「術を解く前に、ヤンと沙知子を運び出そう。そして何もなかったことにするのだ」

「分かった」

血に染まった二人の死体を、エリカとクロロックは、車のトランクへ入れた。

「――これでいい。お前も、誰かいないのか、エスコートしてくれる人間が」

「大きなお世話」

と、エリカは言い返した。

クロロックが催眠術を解くと、

「――どうかした？」

「いや、何でもない」

と、涼子が言った。

クララもハッとして、

「今……ヤンを見たような……」

「あの男も、あなたを仲間にはしなかったのだな。良かった」

「クロロックさん……。長い夢を見ていたようです」

「さあ、参りましょう」

涼子は、夫の腕を取ると、

「こっちの腕は私のよ！」

——クロロックは、涼子とクララを「両手に花」の状態で、レッドカーペットを踏んで華やかなライトの中、会場へと入っていった……。

吸血鬼ドックへご案内

不安

「今日もどうせ遅いのよね」

と、西野秀代《にしのひでよ》は呟《つぶや》いて欠伸《あくび》をした。

居間のソファで、ついウトウトしてしまった。そして、部屋の中がもう薄暗くなっているのに気づいてびっくりした。

「もう、こんな時間！」

一瞬焦《あせ》ったが、すぐに、

「そうだ。──冷凍したビーフシチューを温めればいいんだった」

と思い出して、ホッとする。

他に、サラダ、スープ……。

大して手間はかからない。

スーパーに買い物に行こうと思っていたが、どうしても今日でなくては、というわけでもない。

「でも……行くかな。どうせ時間あるんだから」

午後六時。――夫の西野正彦《まさひこ》は、いつも残業で、帰宅は十時過ぎ。

秀代としては九時ごろ食べられるように仕度して、帰宅を待つ。

それなら、スーパーに行って充分戻ってこられる。

秀代は、大欠伸をくり返しながら出かける仕度をした。

スーパーまで、車で十分。

車のキーを手に、玄関を出ようとドアを開け――。

「キャッ！」

目の前の誰かとぶつかりそうになって、飛び上がるほどびっくりした。

「――あなた！」

こんな時間に夫が帰ってきたことにもびっくりした。

「ああ驚いた！　──今日はどうしたの？　ずいぶん早いのね」

しかし、西野正彦は妻の言葉など、全く耳に入っていない様子で、フラッと玄関へ入ってきた。

「あなた……」

秀代は、居間のソファにぼんやりと座り込んでいる夫の姿に、

「風邪でもひいた？　熱があるのかしら」

と言った。

「いや……。秀代」

と、西野はやっと口を開いて、

「落ちついて聞いてくれ」

「ええ……」

秀代としては、これ以上どうやっても落ちつけないくらい落ちついていたのだが……。

「この間、会社の健康診断があった」

「そうだったわね」

「その結果が今日……」

と、西野は言葉を詰まらせて、

「僕は――精密検査を受けることになったんだ！」

「――そう」

秀代はホッとして、

「何を言い出すのかと思っちゃった！」

「精密検査だぞ。大体、会社の健康診断なんて、いい加減なんだ。あれで引っかかったら、もう終わりだって言われてる」

「オーバーねえ」

と、秀代は笑って、

「それで帰ってきたの？」

「仕事なんかしてられるか！　あとどれくらい生きられるか分からないのに」

秀代は、夫がこんなに病気のことを気にしていると初めて知って、呆気《あっけ》にとられていた。

「大げさねえ……。じゃ、この機会に人間ドックを受けてみたら?」

西野は秀代を見て、

「人間ドック?」

「そう。——私の大学のときの友だちがね、そういう会員制の人間ドックっていうのをやってるの。一日で済むし、やさしい看護師さんたちに世話されて、ちっとも苦しくも痛くもないんですってよ」

「そんな……。検査は検査だぞ、辛《つら》いに決まってるじゃないか」

と言いながら、西野も興味があるのは一目で分かった。

「本当に親切なのか?」

看護師がやさしい、というところにひかれているらしい夫を見て、秀代は笑いをかみ殺した。

「しかも、美人揃いですって」

「——そうか」

西野は咳払《せきばら》いして、

「まあ……そんなことはどうでもいいけど……」

「ともかく行ってみなさいよ。それくらいの貯金はあるわ」

「うん……。人間、健康が第一だものな」

と、西野はいやにまともなことを言い出した。

「そうよ！　友だちに電話してみるわ」

「ああ……。善は急げ、だな」

精密検査のショックは、どこかへ飛んでいったらしい。

秀代は笑い出しそうになるのを、何とかこらえていた……。


「いらっしゃいませ」

看護師が美人かどうかはともかく、受付に座った女性が美人であることは確かだった。

「あの――西野です。今日ドックを予約した……」

と、秀代は言った。

すると、受付のスーツ姿の女性は、ニッコリ笑って、

「お待ちしておりました。――どうぞ」

と、立ち上がって、案内してくれる。

「はい。――あなた！」

秀代は、珍しげにキョロキョロしている夫を呼んだ。

西野がどうしても、

「一人じゃいやだ！」

と言うので、秀代は仕方なく、ついてきたのである。

「――こちらで少しお待ち下さい」

と、通されたのは、豪華な応接間。

まるでホテルだ。

西野もすっかり感激している。

「こちらにご記入下さい」

と、受付の女性が、生年月日や病歴を記入する書類を持ってきた。

「はあ……。あの……」

と、秀代は少し戸惑って、

「二枚ありますが……」

「ご主人様と奥様の分です」

「私――ドックは受けないんです。主人だけですが」

「承知しておりますが、一応奥様もご記入いただきたいんです」

「あ、そうですか……」

別に隠すこともないので、秀代も記入した。

「――凄い所だな」

と、西野は記入を終えると、

「泊まってくか」

「やめてよ」

と、秀代は苦笑した。

少し待たされたが、それでもあの受付の美女が、

「西野様、お待たせして申し訳ございません」

と、やってくると、

「いや、ちっとも」

と、ついニコニコしてしまう西野だった。

「お着替えをしていただきますので、こちらへ。――奥様はこちらでお待ち下さい」

「はい」

快適なソファに、雑誌や新聞も山ほど置いてある。退屈せずにいられそうだった。

「じゃ、行ってくる」

「頑張って」

人間ドックに「頑張って」というのも妙かもしれないが……。

受付の女性は秀代に紅茶を持ってきてくれた。

「まあ、どうも……。いい匂い」

「英国から特別に輸入しております」

一口飲むと、何とも言えないまろやかさ。

「上品だわ……」

秀代は、紅茶をゆっくり飲みながら、女性誌を開いて眺めた。

今ごろ夫は看護師に囲まれて、採血されたり、脈を取られたりしているだろう。ボーッとして、熱が上がっているかもしれない……。

それにしても、凄い調度品。友人の紹介なので、普通の人間ドックと変わらない料金ですむのだが、きっと本来は高く取られるんだろう。

どうせ何時間かはかかるのだ。――ソファにゆったり寛《くつろ》ぐと、少し眠気がさしてきた。

いやだわ、こんな所で……。眠っちゃったら恥ずかしい……。

しかし、そう思っている間に、秀代は寝入ってしまったのだった。

混乱

「これこれ」

と、男の声がして、秀代《ひでよ》は肩をつかまれ、揺さぶられた。

「大丈夫かな？　目を開けてごらん」

「――え？」

秀代は目を開け、

「すみません！　私、眠っちゃったのね。――ドックは終わりました？」

と言ったが……。

秀代の方を覗《のぞ》き込んでいるのは、どう見ても医者ではなかった。白衣でなく、黒いマントをはおり、外国人だが見た目はまるで映画に出てくる吸血鬼ドラキュラ。

「あなたは……」

「通りすがりの者だが、あんたの眠り方が気になってな」

と、その男はきれいな日本語で言った。

「眠り方って――」

秀代は初めて気づいた。自分が座っているのは、公園のベンチなのだ！

「これって……どうしたのかしら？」

秀代は愕然として、何度も周囲を見回した。しかし、何度見ても公園の中。

「どうかしたんですか？」

と、黒いマントの外国人の連れらしい娘が言った。

「私……主人を待ってたんです。でも、こんな所じゃなくて、人間ドックを……」

「人間ドックって、病気の検査とかをする？」

「ええ。主人がドックを受けるのに付き添って……。私、立派な部屋で待つように言われ……。でも、どうしてこんな所にいるのかしら？」

話しながら、秀代自身もわけが分からず、混乱していた。

「夢でも見てたんじゃ？」

「いいえ！　絶対にそんなこと――」

と言いかけて、自信を失《な》くした様子で、

「でも、変ですよね。こんなことって……」

と、口ごもる。

「ご主人に連絡してみたらいかがですか？」

と、その娘に言われて、

「あ、そうだわ。そうですよね」

と、秀代は肯《うなず》いた。

バッグは手もとにあった。ケータイを取り出し、夫のケータイへかける。

しばらく呼び出し音が続いてから、

「もしもし」

と、西野正彦《にしのまさひこ》の不機嫌そうな声が聞こえてきた。

「あなた……」

「何だ？　いま、来客中で忙しいんだ」

「でも……今、会社なの？」

「当たり前だろ。他にどこにいるんだ？」

と、呆れた口調。

「あなた――人間ドックに行ったんじゃなかった？」

「人間ドック？　何の話だ」

「だって……健康診断で精密検査だって言われて帰ってきたじゃない」

「ああ。だから、今度近くの病院に行くよ。それがどうかしたのか？」

秀代はそう言われると、

「いえ……。別に……。それならいいの」

と、声を弱めた。

「忙しいんだ。切るぞ」

と、夫は切ってしまった。

「私、どうかしてたのかしら」

と、秀代は肩を落とした。

「まあ、そう気を落とすことはない。――私はフォン・クロロック。これは娘のエリカだ」

「はあ……。西野秀代と申します」

と、秀代はとりあえずきちんと挨拶することで、やや立ち直った。

「良かったら、詳しい事情を話してみんかね？　どの程度役に立てるかは分からんが」

「ご親切に……」

と、秀代は恐縮して、

「でも、私が夢でも見たのですわ。主人の話を聞いて分かりました」

「真実とは微妙なものだ」

と、クロロックは言った。

「話してみなさい。何かあんたが納得できる事実が分かるかもしれん」

「はい……」

公園は昼下がり、人の姿も大分減ってきていた。

秀代は、夫の「精密検査」のことから始めて、人間ドックのクリニックの待合室で眠り込むまで話をした。

「――本当に馬鹿げた話ですわ」

と、秀代は頭を下げて、

「聞いていただいてありがとうございました……」

「待ちなさい」

と、クロロックは言った。

「そのクリニックの場所を憶えているかな？」

「はい。主人は面倒くさがるものですから、私が地図を調べて……」

「そこへ案内してくれんか」

「はあ……。でも……」

と、秀代は当惑した。

「この近くかね？」

秀代は周囲を見回して、

「この公園の——確か道の向かいだったと思います」

「そのクリニックには前に行ったことがあるのかね?」

「いいえ、今日が初めてです」

「それは妙だな。知らない場所を夢に見るというのは。——ともかく行ってみよう」

「はあ……」

秀代はベンチから立ち上がって、

「あの——よろしいんでしょうか。私のためにわざわざ……」

「なに、私はちょっとした会社の社長でな。社長が昼休みをのんびり取ったからといって、怒る者はおらん」

と、クロロックは言った……。


「このビルですわ」

と、秀代は言った。

「あのエレベーターで五階へ上がったんです。憶えています」

「では訪問してみよう。――エリカ、何ならついでにお前も人間ドックを受けるか」

「無理でしょ、〈人間〉ドックは」

吸血族の正統な子孫、クロロックと人間の女性との子、神代《かみしろ》エリカは半分吸血鬼。ドックの検査を受けたら、きっととんでもない結果が出るだろう。

エレベーターが五階に停まり、扉がガラガラと開く。

「降りるとすぐそこが……」

と、秀代は言いかけて、

「そんな……。確かにここだったわ」

シャッターが下りて、貼り紙がしてある。

エリカは近づいて読んだ。

〈お知らせ
この度《たび》、当クリニックは諸般の事情により、閉鎖することになりました……〉

「まあ……」

と、秀代は呆然として、

「確かにここだったと……。思うんですけど」

と、自信なげになって、

「もう……。どうなってるのか分かりませんわ」

「〈南里《なんり》クリニック院長　南里安文《やすふみ》〉か……」

と、クロロックも貼り紙を読んで、

「この貼り紙は新しいな」

と言うと、秀代の方へ、

「確か、あんたはこのクリニックに友人があったのだな」

「あ……。そうです」

「では、その友人に連絡してみなさい」

「はい」

秀代はケータイを取り出して、

「——もしもし。——あ、充子《みつこ》？　私、秀代よ」

「あら珍しい。久しぶりね」

「充子。『久しぶり』って……」

「どうかしたの？」

「つい二、三日前に電話したじゃないの」

「私にかけた？」

「話したわ。主人にドックを受けさせてくれって」

「秀代、大丈夫？」

と、新井《あらい》充子は笑って、

「夢でも見たんじゃない？　大体、私の勤めてたクリニック、先月閉めちゃったの。ご主人のドックなんて、やれるわけないわ」

「そう……。そうだったの？　じゃ、私がおかしいのね。ごめんなさい」

通話を切って、秀代は、

「もうだめだわ！　私、どうかしちゃったんだ」

と、絶望的な声を上げた。

「話は聞こえた」

人間とは桁違《けたちが》いに耳のいいクロロックもエリカも話を聞いていた。

「そうがっかりすることはない」

と、クロロックは慰《なぐさ》めたが、

「お世話をかけました……」

と、秀代はすっかり意気消沈。

――ビルを出て、秀代は少しフラつきながら歩いていった。

「妙な話ね」

「うむ……」

クロロックは何やら考え込んでいる。

「お父さんも、何かおかしいと思ったから、こんなに付き合ってきたんでしょ？」

「あの眠り方だ」

「秀代さんの？」

「ベンチで眠っていたが、あの眠りはまともなものではなかった」

「つまり……薬をのまされたとか?」

「それだけならいいがな……」

「どういうこと?」

「何かあの眠りの背後には、邪悪なものがあるように見えたのだ」

と、クロロックは言った。

内と外の影

「これが仕事?」

と、エリカは顔をしかめた。

「まあ、これも仕事だ」

と、クロロックは言った。

「でも……。せめてもう少し歌がうまけりゃ辛抱できるけど」

——そこそこの高級(?)クラブ。

〈クロロック商会〉の社長として、クロロックは取引先の企業の社長を「接待する」側だ。その社長がカラオケ大好き、というので、さっきからマイクを握って、離そうとしない。

もう三十分近く歌い続けているのである。

むろんクラブの中にはよその客もいるわけで……。

「すみません」

と、クラブのマダムがやってきて、

「あちらのお客様が、歌いたいとおっしゃってるんです。もういい加減に……」

言われても無理はない。エリカは父から頼まれて、〈コンパニオン〉としてパーティに出た後、勢いでここまでついてきた。

「そうか」

と、クロロックは肯《うなず》いて、

「まあ、そう言われても仕方ないな」

「お願いします」

「この一曲が終わったら、ちゃんとマイクを置かせる」

と、クロロックは言った。

しかし、社長は歌い終わっても、

「さあ！　喉は絶好調だぞ！　これからが本番だ！」

と、テンションを上げっ放し。

「まあまあ社長……」

と、クロロックはなだめるように、

「お体にさわりますぞ」

「何を言うか！　歌うことは体にいいんだ」

「いやいや、何事もほどほどということがあります。拝見したところ、手足にしびれがきておられるようで」

「しびれだと？」

と、社長の手からマイクがスルッと抜け落ちて、足下に転がった。

「おかしいな……。ちゃんと持ってるんだ。それなのに……」

と、マイクを拾い上げたが、またストンと落としてしまう。

そして、今度はフラッとよろけて、倒れそうになり、

「足に力が……入らん」

「そらごらんなさい。今夜はほどほどにしてお帰りになった方が」

と、クロロックが支えてやると、

「うん……。そうだな。俺ももうトシなのかな……」

と、社長も不安そうで、

「すまんが今日は帰らせてもらうよ」

「いいですとも。お宅のお風呂にゆっくり浸かって、早くやすむことです」

「うん……。そうするよ」

クロロックは店の女の子に、

「車を呼んでくれ」

と、声をかけた。

――かくて、無事にその社長をタクシーに乗せて送り出すと、

「まあ、今の状況では仕方なかったな」

と、クロロックは言った。

むろん、あの社長の手足から力を奪ったのはクロロックの催眠術である。

「じゃ、帰ろう」

と、エリカは大欠伸《おおあくび》した。

一旦店の中へ戻ると、早速次の客がマイクを握っている。

「相当ひどいね」

「こちらも早く引き上げた方が良さそうだ」

クロロックとエリカはクラブを出た。

あと何秒か、クラブを出るのが遅かったら、二人の耳に、クラブの女の子の声が届いていただろう。

「南里《なんり》先生の歌って、味があるわね！」

「ちょっと！　先生、大丈夫？」

と、女の子に支えられて、

「心配するな！　俺はちゃんと……ほら、ちゃんと歩ける」

「でも……」

「少し店の中が暑過ぎるんだ。――少し外で涼んでくる。大丈夫だ」

南里は、クラブの外へフラフラと出ていった。

「――平気かしら」

と、女の子が心配している。

「いいじゃないの、ぶっ倒れたら、放っとけば」

と、同僚の女の子が言った。

「だって、今夜のチップ、もらってないんだ」

「あ、そうか」

「ゆうべは五十万だったのよ。今日は百万ってわけにいかないかな」

「そううまくいく？」

と笑って、

「でも、あの先生、急にここんとこ来るようになったわね。医者でしょ？」

「らしいけど、何かよっぽどボロ儲けしたんじゃない？　お札をバラまいてるって感じよ」

「ま、どんなお金でも価値は同じだもんね。頑張って」

「うん……」

カオリは、むろんチップも気になっていたが、多少は本気で南里の体を心配していた。

故郷の父親が南里と同じ六十三歳で、見た目もよく似ているので、つい思い出してしまうのである。

また、父親が大酒飲みで今体を悪くして入院していることもあって、無茶な飲み方をしている南里のことが気になっていた。

でも、まあ——あんなに酔っ払っているからこそ、カオリに一晩何十万もチップをくれるわけで、カオリは故郷へ仕送りして両親の暮らしを助けていられるのだが……。

「遅いな……」

と、カオリがちょっと気にかけていると、

「あの……すみません」

と、女性の声がした。

「はい？」

振り向くと、店の入り口で、おずおずと頭を下げる中年の女性。

「何かご用でしょうか」

と、カオリが歩み寄ると、

「お仕事中申しわけありません。あの――南里はここに来ていますでしょうか」

「南里先生ですか？　ええ、おいでです」

「家内ですが……。ちょっと主人を呼んでもらえませんか」

「あ……。奥様ですか」

五十代の半ばくらいか。老《ふ》けて見える、ずいぶん地味な女性だ。

「今、先生はちょっと涼んでくるとおっしゃって、表に……」

「外に、ですか？」

「その辺においでだと思います。捜してみましょうか」

「すみません！　ではご一緒に」

と、夫人もカオリについて店の外に出た。

「たぶん……裏の駐車場の方だと思います」

と、カオリは歩きながら、

「ちょっと飲みすぎておられるみたいですから、お帰りになった方が……」

「そうですか」

と、夫人はため息をついて、

「一体どうしたのか……。今まで、こんなことなかったんです。最近、急に大金が入ったらしくて、クリニックを閉めてしまい、毎晩遊び歩くように……」

「まあ。じゃ、何のお金なのか……」

「何も言ってくれないので心配なんです。何か良くないお金に違いないと思えて」

そのお金をもらっているカオリも、気になった。

「――あ、あそこに」

駐車場の、少し薄暗くなった辺りに、南里の後ろ姿が見えたが――。

「先生！」

と呼びかけた瞬間、何かよく分からない影が、南里からパッと離れたように見えた。

しかし、それは一瞬のことで、錯覚かとも思えた。

「先生、奥様が迎えにみえましたよ！　もう帰った方がいいですよ！」

カオリがポンと南里の肩を叩くと、南里はゆっくりと振り向いた。

「先生……」

駐車場の薄明かりにも、南里の喉がパックリと引き裂かれているのが見えた。凍りついているカオリの足下に南里が崩れるように倒れる。そして、少し間を置いて、カオリの悲鳴が駐車場に響き渡った……。

育つ恐怖

「本当です！　私、何も見てません！」

と、カオリは必死で訴えた。

「しかし、おかしいじゃないか。南里《なんり》さんはその場で殺されたに違いないんだぞ」

と、中年の刑事がカオリをおどすようににらみつける。

「だって、本当に何も見なかったんですもの……」

と、カオリはくたびれ切ったように言った。

「――その子の言う通りです」

と、南里の妻、明美《あけみ》が口を開いて、

「私も、その子のすぐ後ろにいました。誰かいれば、私も見ているはずですよ」

「奥様……」

カオリは、嬉しくて涙ぐんでしまった。

「しかし、奥さん」

と、阿部《あべ》という刑事は渋い顔で、

「この女は、毎夜ご主人から何十万も巻き上げてたんです。誰か悪い奴と組んで、ご主人の財布を狙ってもおかしくない」

「巻き上げた、なんて……。私はただチップとして――」

「誰が何十万もチップを渡す？　よっぽどうまくたぶらかしたんだろう」

「いえ、そんな……」

「この子は、そんなことのできる子じゃありませんわ」

と、明美が言った。

「主人がどうかしてたんです。五十万円だって百万円だって、くれれば当然もらいますよね」

「奥様……」

カオリは我慢できずにグスグス泣きだしてしまった……。

——やっと店を出たときは、カオリはすっかりくたびれてしまっていた。

「大丈夫？」

と、明美がやさしく言った。

「はい……。私、もうこのお仕事辞めたいんです。でも、父は入院してるし、母のパートの収入だけじゃ……」

「大変ね。——でも、あなたも用心して」

「はい」

「カオリさんっていったかしら」

「塩田《しおた》カオリといいます」

「何か困ったことがあったら、私に言ってきて」

明美は、夫の名刺を出して、カオリに渡した。

「ありがとうございます！」

カオリは深々と頭を下げた。

すると、車が一台、二人の前に停まり、

「奥様」

ドアが開いて、スーツ姿の若い女が降りてきた。

「あ、充子《みつこ》さん」

「お迎えに上がりました。先生のこと、ニュースで見てびっくりして……」

「あなたに知らせなきゃいけなかったわね。ごめんなさい」

「とんでもない。ご葬儀など、私にお任せください」

「よろしく、助かるわ」

明美はカオリの肩に手をかけて、

「この子はカオリさん。——ね、どこかで食事しましょ。カオリさんもお腹空《なかす》いてるでしょ？」

そう言われて、カオリも初めてそのことに気づいた。

「どこか近くのホテルに」

と、その女性は言った。

「私は南里先生の秘書だった、新井《あらい》充子です。じゃ車に乗って下さい」

「いいんですか？」

カオリはおずおずと、その高級車に乗り込んだ……。


「あのとき歌ってたのが、南里だったのね」

と、エリカはＴＶニュースを見て言った。

「すぐ近くにいたのにな」

と、クロロックは首を振って、

「惜しかった。きっとあの近くに何かが潜んでいたはずだ」

「何かって？」

「南里の殺され方は、まるで吸血鬼だ」

「うん。似てるね」

「一緒にいたという女の子に会ってみよう」

居間へ、涼子《りようこ》が顔を出すと、

「あなた、お客様よ」

「誰だ？」

「西野《にしの》さんって女の人」

涼子は不愉快そうに言った。

「西野？」

あの西野秀代《ひでよ》だろうか。――クロロックとエリカは顔を見合わせた。

おずおずと入ってきたのは確かに西野秀代だった。

「ああ……。どうしました？」

と、クロロックはソファをすすめると、

「ご主人のことで、何か？」

と、エリカが訊《き》くと、何やら思い詰めた表情で座っていた秀代はやがて急に顔を覆って泣きだしてしまった。

「秀代さん――」

「私……どうしたらいいのか……」

と、ハンカチで涙を拭《ぬぐ》って、

「私……妊娠したらしいんです」

クロロックとエリカが面食らっていると、

「――あなた！」

涼子が目をつり上げてやってきて、

「どういうことなの！」

と、かみつかんばかり。

クロロックがあわてて、

「待て！　間違えないでくれ！」

と、腰を浮かした。

「お母さん」

と、エリカが涼子を止めて、

「そういう話じゃないのよ。――秀代さん！　早く説明して下さい！」

「はあ……」

秀代はポカンとしていたが、エリカに説明されると、あわてて、

「とんでもない！　クロロックさんには何の責任もありません」

と言った。

――やっと涼子が納得して居間を出ていくと、

「おめでたですか」

と、エリカは言った。

「少しもめでたくなんてありません」

と、秀代は途方にくれて、

「一体誰の子なのか分からないんです」

「というと？」

「ともかく――主人の子でないことは確かです。何しろ、この一年以上、そういうことをしてないんですもの。間違いありません」

「しかし――」

「それに、私は決して浮気なんかしてないんです。それだけじゃありません。誰と

もそんなことになってないのに……」

「でも――」

「おかしいのはよく分かってます。だけど本当なんです」

と、秀代は言って、ためらいながら、

「それだけじゃありません」

「というと?」

「変なんです。お腹の子が、凄く早く成長してるようで」

「ほう」

「様子がおかしいって気がついたのは、つい数日前なのに、もうお腹の子が動くんです」

と、秀代はお腹にそっと手を当てて、

「そんなことってありえないでしょ?」

「待ちなさい」

クロロックは手を伸ばすと、秀代のお腹に指先を触れた。

「キャッ！」

と、秀代が飛びはねるようにして、

「中の子が大暴れしました！」

クロロックは深刻な顔をして、

「これは問題だな」

と言った。

「あんたの旦那はどうしてる？」


「――辞めた？」

秀代は会社の受付で愕然とした。

「主人が会社を……。本当に辞めたんですか？」

「ええ。突然のことで、私たちもびっくりしたんですよ」

と、受付の女性は言った。

一緒にやってきていたクロロックが、

「辞めたのはいつか教えてくれるかね」

と訊いた。

その日付は、正に西野正彦《まさひこ》が「幻の人間ドック」に行った当日である。

「――どういうことなんでしょう？」

会社のビルを出て、秀代が途方にくれた様子で言うと、

「あのクリニックへ、もう一度行ってみよう」

と、クロロックは言った。

「やっぱりあそこに秘密があるの？」

と、エリカが言った。

「あのとき、強引に中を調べるべきだったな」

と、クロロックは悔やんでいる。

「ともかく、今からでも遅くない」

三人は、あの〈南里クリニック〉へと急いだのである。

取　引

そこはやはりシャッターが下りて、貼り紙がしてあった。

「どうやって中へ？」

と、秀代《ひでよ》が言うと、

「さがっていなさい」

と、クロロックがマントを広げて、シャッターの前に立つ。

エリカは秀代の腕を取って、離れた所へ連れていった。

クロロックがエネルギーを目の前のシャッターへ集中させると、やがてきしむような音をたてて、シャッターが歪《ゆが》み、中央がメリメリと裂けた。

「――どうやって？」

と、呆然とする秀代へ、エリカは、

「父は力自慢なの」

と言った……。

「さあ、入ろう」

と、クロロックがホッと息をついて、エリカたちを促した。

「ここです！　この受付に見覚えが」

と、中へ入ると、秀代は言った。

「この部屋で眠ってしまったんです」

「奥を見よう」

クロロックは中へ入っていった。

エリカは、中の医療機器を見て、

「古いものばかりね。とても高級なドックとは思えない」

「待て。――誰かいる」

クロロックが足を止め、スチールの戸棚の扉を開けると――誰かが倒れてきた。

「あなた！」

西野《にしの》が下着姿で床に倒れ込んだ。

「しっかりしろ！　まだ息がある」

クロロックが抱き起こすと、西野はうっすらと目を開けた。

「あなた！　しっかりして！」

と、秀代が呼びかける。

「お前……。大丈夫か」

と、西野がかすれた声で言った。

「どうしたっていうの？」

「すまん……。俺は……お前を売った」

「売った？」

「あの日……。ドックに来て、言われたんだ。お前は、条件にぴったり合ってると……」

「条件？」

「お前の生まれた日や……血液型や……。色んな条件がぴったりだと……」

西野はひどく弱っている様子だった。

「エリカ、救急車を呼べ。——血を吸われたな」

「血を？」

「秀代……。お前は吸血鬼の子を……身ごもってるんだ」

「あなた……」

「あの日……お前は薬で眠らされた。あいつ、あいつは俺に約束した。大金と……成功を」

「じゃ……私、その——吸血鬼に……」

秀代はペタッと座り込んでしまった。

「すまない……。あんな奴の言うことを信じてしまった俺が……馬鹿だった……」

そう言って、西野はグッタリとした。

「あなた！」

「気を失っただけだ。——すぐ入院させれば助かるだろう」

と、クロロックは言った。

「私……どうしましょう！」

と、秀代が泣きだしそうになっている。

「相手と決着をつけなくてはな」

と、クロロックは立ち上がって、

「出てこい。——隠れていてもむだだ」

ドアが開いて、ナイフを振りかざした女がクロロックへと駆け寄ってきた。

クロロックが簡単によけると、女のえり首をつかんで壁に叩きつける。

「充子《みつこ》！」

と、秀代は呆然として、その女が床に崩れ落ち、たちまち灰になるのを見ていた。

「吸血鬼の手先になっていたのだ」

と、クロロックは言った。

「お父さん、救急車、すぐ来るよ」

と、エリカが言った。

「あんたはご主人についていなさい」

「でも——」

「おそらく、相手はこのクリニックを手に入れて、条件に合う女性を探していたのだろうな」

クロロックは西野を軽々と抱え上げると、

「ともかく下へ運んで救急車へ乗せよう」

「はい……」

——クロロックたちがビルの一階へ下りると、間もなく救急車がやってきた。

「あんたはご主人についていきなさい」

と、クロロックは秀代に言った。

「はい。——主人が助かってくれたらいいのですけど」

秀代が一緒に救急車に乗り込む。

サイレンを鳴らして救急車が走り出すのを見送って、エリカは言った。

「これからどうするの？」

「あの救急車を追いかける」

「え？」

「向こうが欲しがっているのは、あの女なのだ」

「あ、そうか」

「行くぞ」

「うん」

二人は駆け出した。

——昼間のことでもあり、一体何が走っているのか、道行く人もびっくりしてはいたが、都会の人間はみんな忙しい。

大して気にとめもしなかった。

クロロックとエリカの足なら、救急車を追っていくぐらいのことは、大して難しくない。

「——お父さん」

「うむ。病院へ行く道ではないな」

救急車が脇道へ入り、人気《ひとけ》のない倉庫の立ち並ぶ一角へ着いて停まった。

救急車の後ろの扉が開くと、スーツ姿の女性が降りてきた。

「あれが、クリニックの受付にいた『美女』だな」

と、クロロックが言った。

その女は救急車の中から、気を失っている様子の秀代を軽々とかつぎ出した。

そして、クロロックたちに気づくと、顔を歪めて、

「邪魔するな！」

と言った。

スーツ姿の女は、黒い僧服のような衣の男へと姿を変えた。

「どこから来たのだ」

と、クロロックは言った。

「ここはお前の住む場所ではないぞ」

「俺は住みたい所に住む！」

と、男は言った。

「いや、我々のような存在は、ひっそりと人間に迷惑をかけずに生きていかねばな

らんのだ」

クロロックはそう言って、

「その女を解放してやれ」

「俺から奪い取ってみろ」

男が秀代を地面に投げ出すと、一瞬のうちに狼に姿を変えて、クロロックに向かって飛びかかってきた。

クロロックがサッと手を伸ばし、それを受け止めるようにてのひらを広げた。

狼は空中で何かに絡め取られるかのように静止した。もがいても、見えない縄が縛りつけているようだった。

「地へ還《かえ》れ」

と、クロロックが言うと、狼が炎に包まれた。

広場に狼の悲しげな遠吠えが響き渡った。

そして、狼は白い灰となって地面に降り、風に散っていった。

「――哀れな奴」

と、クロロックは首を振って、

「自分より強い相手がいることさえ、知らなかったのだな」

秀代が呻《うめ》き声を上げた。

「お父さん！」

二人が駆け寄ると、秀代は苦しげに呻いていたが、すぐに治まった様子で、

「――どうしたんでしょう？」

と、我に返って周囲を見回す。

「もう大丈夫だ。お腹の具合はどうだ？」

「あ……。何ともありません！　何だか……もう何もなくなってるみたい」

と、お腹に手を当てる。

「良かったな」

と、クロロックは秀代を立たせて、

「まだ実体を持つところまでいっていなかったのだ。あんたを身ごもらせた奴は滅びた」

「そうですか！」

「お父さん」

と、エリカが言った。

「どうだ？」

救急車の中を覗《のぞ》くと、救急隊員が気を失っている。そして――。

「気の毒だが、ご主人はもう亡くなっているな」

と、クロロックは言った。

「そうですか……」

「しかし、ちゃんとあんたに詫びて死んだ。それは救いだな」

「はい……」

秀代はそっと涙を拭《ぬぐ》った。


殺された南里《なんり》の家から、妻の明美《あけみ》と、塩田《しおた》カオリが発見された。

昏睡状態だったが、二人とも命は取り留めて、しばらくして意識が戻っても、何が起こったのか二人とも憶えていなかった……。

しかし、クロロックにとって「被害」はこの後にやってきた。

「あなた、本当にあの女の人を妊娠させてないんでしょうね」

と、妻の涼子《りょうこ》に毎日十回は言われ、その都度、何か買わされるはめになったのである……。

ささやく影と吸血鬼

退場騒ぎ

「ともかく、お前の責任だ！　何とかしろ！」

叩きつけるように言うと、市長は席をけるように立って行ってしまった。

久野《くの》は、ほとんど真っ白になった顔を固くこわばらせて、椅子から動くこともできなかった。

離れて立っていた栄田寿子《さかえだとしこ》が、おずおずと近づいて、

「課長……。大丈夫ですか」

と、声をかけた。

「大丈夫なわけないだろ！」

久野はつい怒鳴り返していた。

「すみません……」

栄田寿子があわてて後ずさる。

「いや……。ごめん」

久野は息をついて、

「君に怒鳴っても仕方なかった……」

「市長さんも、あんなにおっしゃらなくても……」

「全くだ」

久野は、冷めたお茶をガブッと飲んで、

「大体、招待客のリストには市長だって目を通してるはずなんだ。それなのに、自分は何も知らなかったみたいに……」

「そうですね。でも――どうしますか」

「今さら……。会場から連れ出すわけにいかないよ」

久野は肩をすくめて、

「何かあれば、俺はクビだな」

と言った。

——久野実《みのる》はN市の市役所に勤めて二十五年。今、四十八歳で庶務課長である。細々《こまごま》とした事務に関しては有能で、頼りにもされている。

今日はN市の〈市制三十周年〉の催し物が大々的に行われていて、今、この市民会館ではメインのイベントとなる祝賀会が始まるところである。

この事務一切を任されたのが久野だった。一年以上前から準備に駆け回り、市長の松原《まつばら》の無茶な希望も、何とか叶《かな》えるべく、あらゆる手を打った。

それでも、

「総理大臣に出席していただきたい」

という松原の希望はさすがに叶えられなかった（当たり前だが）。

その代わり、久野は何度も国会まで足を運び、大臣の竹中勇介《たけなかゆうすけ》の出席を確約させるのに成功したのである。

大臣とはいえ、毎日分刻みのスケジュールだ。その中で、車で二時間もかかるN市までやってきてもらうのは、容易なことではなかった……。

久野のケータイが鳴った。

「――はい。――はあ、どうも。――そうですか。かしこまりました……」

久野はケータイをポケットへしまって、

「竹中大臣の秘書だ」

「どうしたんですか？」

と、栄田寿子が訊《き》く。

「車でこっちへ向かっている。あと十五分ほどで着くそうだ」

「良かったですね！」

「ただし――」

と、久野は苦笑して、

「午後に用事ができたので、ここには五分しかいられないそうだ」

「五分……ですか」

「栄田君、正面で待っていて、おみえになったら、すぐ演壇へご案内してくれ」

「はい！」

「司会者に話しておかないとな。スピーチの順番なんか、構っていられない」

五分しかいられないということは、実際のスピーチはせいぜい一、二分だろう。

「会場に行くか」

と、久野は、先に駆けていった栄田寿子の後から歩いていった。

つい、せかせかとした足取りになるのが、我ながら情けない。

——ホールの座席は、ほぼ数百人の来場者で埋まっていた。

「それでは、これより〈N市市制三十周年を祝う会〉を始めたいと思います。初めに松原市長よりご挨拶——」

司会者の声が響く。

久野は傍《そば》の壁ぎわに立って、最前列に並んだ招待者たちを見渡した。

その中に、白髪の、厳しい表情の男がいる。——夏川紘一《なつかわこういち》。

実は、夏川はN市の元助役である。

真面目人間で、市長の松原とは初めから合わなかった。それが去年、夏川の「内部告発」で、市長の不正な業者選定の疑惑が問題になったのである。

松原は、あくまで自分は知らなかったと言い張り、秘書に責任を押しつけてクビにした。そして何とかピンチを切り抜けたのだった。

当然、松原は内部告発した夏川に激怒。夏川は辞職した。

ところが、今回、招待状を出すに当たって、「市役所ＯＢ」として、夏川にも招待状が行ってしまい、今、夏川は壇上の松原をじっと見て座っているのだ。

松原が久野に腹を立てていたのは、そういう事情だった……。

久野は司会者席へ近づいて、そっと竹中大臣のことを伝えた。

松原のスピーチは続いている。

「夏川さんのことはどうするんですか？」

と、司会者が訊く。

「どうしようもないよ」

「でも、もし突然発言し始めたら……」

そう言われると、久野も不安になって、部下を手招きすると、

「――若くて力のあるのを、何人か集めといてくれ」

と、命じた。

栄田寿子が小走りにやってくる。

「今、大臣のお車が着きました！」

「よし、真っ直ぐ演壇へご案内してくれ」

松原の話は続いていたが、竹中がノッシノッシと、力士並みの体つきでやってくるのが目に入ると、すぐに打ち切って、

「竹中勇介大臣がおみえになりました！」

と、声を上げた。

拍手が起こる。——夏川は一人、拍手しないままだった。

松原と竹中が握手する。フラッシュが光り、これで松原の「最大のイベント」が終わった。

竹中の「挨拶」はたった一分。それも、

「〈市制三十年〉をお祝いします」

と言って、後は自分の活動のＰＲ。

それでも松原は満足しているようだった。

「課長」

と、栄田寿子が久野にそっと封筒を手渡す。

「そうだった……。忘れるところだったよ」

久野はそばに立っていた竹中の秘書に、

「本日はどうも……」

と、小声で言って封筒を渡した。

秘書が素早くポケットへ。――「謝礼」である。

現金で三百万。むろん、どこにも記録は残っていない。

竹中のスピーチがアッという間に終わり、拍手と共に演壇から下りてくる。

そのとき、久野は夏川が席から立ち上がるのを見た。――あいつ！　何をする気だ！

竹中は手を振りながら退場しようとしていた。夏川が足を踏み出す。

とっさに、久野は近くで待機していた若い職員たちへ、

「夏川を追い出せ！」

と命じていた。

言われた方は、ここぞとばかり、ワッと駆け出すと、夏川の両腕をつかんで連れ出そうとした。

「何をするんだ！」

と、夏川が叫んだ。

「離せ！――私が何をしたというんだ！」

夏川と久野の目が合った。

「君か！　どうしてこんな真似をする！」

と、夏川が久野に向かって言った。

「か、か、影を踏んだ」

と、久野は言った。

「何だと？」

「今、竹中大臣の影を踏んだ。明らかに悪意があってのことだ」

「馬鹿な！　自分が何を言ってるか、分かってるのか？」

「早く外へ叩き出せ！」

と、久野は言った。

同時に会場内には市の歌のテープが大音量で流されて、もめごとから人々の注意をそらした。

久野はそっと汗を拭《ぬぐ》った。――これでいい。

会は順調に進行した。

三十分ほどして、久野は会場の外へ出た。

「課長」

栄田寿子がやってきた。

「やあ、ご苦労さん。何とか無事に終わりそうだ」

「それが……。さっき、若い人たちが夏川さんを連れ出したとき……」

「ああ、どうした？」

「その階段から突き落としたんです、夏川さんを」

「そこまでやったのか」

と、久野は笑った。

「夏川はどうした?」

「亡くなりました」

久野はしばしポカンとして、

「――何だって?」

「打ちどころが悪かったようで。救急車で運びましたが、間もなく亡くなったと……」

「そうか」

「課長。――大勢見ていた人がいます。さっき警察から連絡があって……」

「いや、俺はそんなことなど言ってないぞ。そんな……突き落とせなんて言わないぞ」

「あれはやり過ぎです。祝賀会が終わったら、警察の方がみえます」

栄田寿子は冷ややかに言って、立ち去った。

——久野は呆然と立ちすくんで、

「あいつは……影を踏んだんだ」

と呟《つぶや》いた。

怯える男

「よせ！」

と、甲高《かんだか》い男の声に、神代《かみしろ》エリカは振り返った。

「そこを通るな！」

大声で怒鳴っているのは、川沿いの道のベンチに座っている男。

男は、目の前の遊歩道を並んで歩いているカップルに向かって、

「そこを通るな！　向こうへ回れ！」

と、怒鳴っているのだった。

若い二人は、気味悪そうに男を見て、遠回りして避けていってしまった。

「——何かしら？」

と、エリカは言った。

「さあな」

と言ったのは、エリカの父、フォン・クロロック。

「しかし、あの男は本気だな」

「どうして前を通っちゃいけないのかしら」

男はもう若くない。六十近くに見えたが、くたびれ切ったコートをはおって、ベンチに力なく座っている。

「何か怯《おび》えているようだな」

と、クロロックは言った。

見ていると、遊歩道を、ローラースケートをはいた男の子が二人、競走するように滑ってきた。

男が気づいて、

「おい！　ここを通るな！」

と叫んだが、間に合わず、男の子たちは、ベンチの前をシュッと通り抜けた。

その瞬間、男は「ワーッ!」と悲鳴を上げて、ベンチから転がり落ちたのである。

クロロックとエリカは、一瞬顔を見合わせたが、すぐにその男の方へと駆けつけた。

男は膝を抱えて呻《うめ》いている。

「どうした？　痛むのか？」

と、クロロックが訊《き》く。

すると男は目を見開いて、

「か、影を踏まないでくれ!」

と叫んだのである。

「影を？」

エリカが面食らって、

「それって、どういうことですか？」

と、男のそばへ寄ると、

「痛い！」

男は頭を抱えて、

「影を踏むなと言っただろう！」

「どういう意味ですか？」

クロロックがエリカを止めて、

「文字通りの影だ。エリカ、お前が今、その頭の影を踏んだ」

「だって……影を踏んだからって、痛いわけないじゃない」

「そうでもないのだ」

と、クロロックは、呻いている男のコートの前を開けると、シャツをめくってみた。

男の腹には、赤黒く筋が描かれている。

「これって……」

「さっきの男の子たちのローラースケートが通った跡だろう」

「でも——どうして？」

「影の上を通ると、それがそのまま体に現れるのだ」

「そんな……」

「内出血している。病院へ連れていこう」

男は顔をしかめて、

「放っといてくれ」

と言った。

「どうせ、誰も信じちゃくれん」

「まあ、それも無理はないな」

と、クロロックは肯《うなず》いた。

「しかし、放っておくと、内臓がやられていないとも限らん。内臓破裂で死にたいかね？」

そう言われると、男も不安になったらしく、

「分かった……。しかし、救急車はよしてくれ。扱いが乱暴で、もっとひどくなる」

と、男は言った。

「分かった。――影を踏んだりけったりしないように運ぼう」

と、クロロックは微笑んで、

「私はフォン・クロロック。これは娘のエリカだ」

「どうも……。私は……久野《くの》という者です」

男は少し落ちついた様子で、

「お手数かけますが、よろしく」

と、クロロックの手を握った。


「肋骨にひびが入ってますね」

と、医師は言った。

「この跡は……。何をしたんです？」

「ひかれたんです。ローラースケートに」

と、久野は言ったが、医師は苦笑して、

「まあ、冗談ですむからいいですが、もう少しひどかったら命にかかわるところですよ」

「冗談じゃないんだけど……」

と、久野は不満げに呟《つぶや》いた。

「ともかく、安静にして。——二、三日入院するといいですがね」

「いや……。金の持ち合わせがないので」

久野はそばで見ていたクロロックの方へ、

「申し訳ありませんが、今日の治療費を出しておいてもらえますか」

と言った。

「むろんだ」

と、クロロックは肯いた。

手当てを受けている間、クロロックとエリカは待合室に出ていた。

「——あんなことってあるの?」

と、エリカが訊く。

「さてな。人と影が別の人格を持つというような話は、ヨーロッパにあるが、ああして影が痛みを受けるという話は初めて聞いた」

「でも、何か原因があるんでしょう?」

「当然な。――あとでゆっくり聞き出したい」

クロロックは、久野の体を抱え上げ、あの場所から近いこの病院へ運んできた。できるだけ、木かげを選んで通ったので、二、三度頭を打ったくらいで済んだ。

「でも、あのままじゃ生きていけないよ」

と、エリカは言った。

「まあ、そうだな。車にでも影をひかれたら一巻の終わりだ」

「気の毒だけど……。治るものかしら?」

「果たして何が原因か、それを調べてからだ」

そのとき、病院の玄関の扉が開いて、スーツ姿の女性が入ってきた。

「あの……」

と言いかけて、クロロックを見ると、

「あなたですね。久野さんをここへ連れてきた方は」

「そうだが。あんたは？」

「久野さんはどんな具合ですか？」

と、女は不安げに訊いたが、クロロックが状況を説明すると、

「じゃ、助かったんですね！　良かった」

と、胸をなで下ろし、

「あの近くにいた人が、『妙なマントを着た外国人らしい人が、病院に運んでいった』と教えてくれたので」

「たまたま通りかかったのでな」

「申し訳ありません。私、栄田《さかえだ》寿子《としこ》と申します」

と、女性は名刺を出した。

「〈N市〉の職員……。課長さんか」

「以前は久野さんが課長でした」

「ほう。すると今は？」

「久野さんはある事件で責任を取って辞めたんです。私もそのときは仕方ないと思っていました。でも、久野さんのその後のことを知って……」

「すると、あんたは彼の奇妙な病気のことを知っているのだな」

「はい。——ああなったわけも知っています」

「話してくれんか」

と、クロロックは長椅子に栄田寿子を座らせた。

「まだ治療には時間がかかる」

「はい……」

栄田寿子はちょっと息をついて、

「一年ほど前のことです」

と、口を開いた。

〈N市市制三十周年〉の会での出来事を、寿子は話した。

「——すると、その夏川《なつかわ》という男は死んだのだな?」

「はい。決して、久野さんのせいではなかったのです」

と、寿子は言った。

「でも、ひどいわ。『影を踏んだ』から連れ出すなんて！」

と、エリカは思わず言った。

「確かに無茶でした。でも、久野さんは追い詰められていたんです。何とかして夏川さんを外へ出そうとして、とっさに……」

「どうやら、その死んだ夏川という男の恨みが、今の久野にたたっているのだな」

と、クロロックは腕組みして、

「これは厄介だ。死んだ人間が相手ではな」

「でも、栄田さん、あなたはどうして久野さんのことを知ったんですか？」

「知らせてくれた人があったんです。久野さんがホームレス同然の暮らしをしてると」

「家族があるのかね？」

「はい、奥様と娘さんが。娘のユリさんはもう十七になると思います」

「あんたに久野のことを知らせたのは誰だね？」

「それが分からないんです。市役所に電話がかかってきて」

「あんたあてに？」

「はい。私の名前も知っていました。男の声でしたけど……」

「名乗らなかった？」

「はい、何とも言いませんでした」

——話しているうちに、久野が出てきた。

「久野さん、大丈夫ですか？」

「君か……。心配して来てくれたのか」

「これからどうなさるんですか？」

「ともかく、暗くなるまで、どこかでじっと身を潜めて待つよ」

久野は、頭にも包帯をしていた。

「でも、夜だって、街灯の明かりで影はできるでしょう？」

「しかし、人があまり通らない所を捜して寝られるよ」

久野はクロロックへ、

「見ず知らずの方に助けていただいて……」

「まあ、用心して暮らしなさい」

「どうも……。栄田君、心配かけたね」

久野は病院から出ていった。

「――私もついていきます」

と、寿子が後を追っていった。

「お父さん、放っとくの？」

と、エリカは訊いた。

「まあ待て」

と、クロロックは言った。

「少し待ってから後を尾《つ》ける。――久野が一人でいるのを見張るんだ」

「どうして？」

「気になることがある。直感だがな」

と、クロロックは言って、

「さて、そろそろ行くか」

と、エリカを促して病院を出たのだった。

身替わり

「月夜だな」

と、クロロックは言った。

「影ができるよ」

エリカが公園の中を覗《のぞ》いた。

「まあ、しかしこの夜中だ。公園の中は車も通らんしな」

ガサゴソと茂みの奥で音がして、久野《くの》が姿を見せた。

クロロックたちは、離れた木立の間から様子をうかがっていた。——夜には強い吸血族である。

久野はホッとした様子で、ベンチに腰をおろすと、紙袋から弁当を取り出して食べ始めた。

──あの元部下の栄田寿子《さかえだとしこ》が買ってきて渡したのである。

すると──細身で長身の男が、コート姿でやってきた。

そしてベンチの前で足を止めると、

「今晩は」

と、久野へ声をかけた。

「この公園にお住まいですか」

「まあね。──何かまずいことでも？」

「いや、少しも」

どこかふしぎな印象の男だった。

「誰かしら」

と、エリカは言った。

「誰にせよ、まともな奴ではない」

「え？」

「よく見ろ」

エリカは、久野と話しているその男をしばらく見ていたが、やがてハッとして、

「影が……」

「気がついたか」

——その男には影がなかったのだ。

久野はそんなことに全く気づかない様子で弁当を食べている。

「お気をつけて」

その男は静かに立ち去った。

「お父さん……」

「まあ見ておれ。きっとまた現れる」

と、クロロックが言ったとき、公園に足早に入ってきたのは、赤いコートをはおった少女だった。

「お父さん！」

久野はびっくりして食べる手を止め、

「ユリか……。お前、どうしてここへ——」

と言いかけて、

「そうか。栄田君だな」

「お父さん、どうして家を出たの？」

娘のユリはベンチに並んで座った。

「なぜって……。仕事もクビになったしな」

「そんなこと……。お父さんがいなくなったからって、何も良くならないよ」

「分かってる。しかし——お前には分からない事情があるんだ」

「言ってみてよ！　私、もう十七よ。たいていのことなら分かってるわ」

「しかしな……。これぱっかりは……」

自分の影が、生きもののように「痛み」を感じるなどと、どう説明したところで分かってはもらえないだろう。

二人の話を聞いていたエリカも、

「ちょっと可哀そうになってきた」

と言った。

「お願い、お父さん」

と、ユリは言った。

「もしかして──他に好きな女の人でもできたの?」

久野は娘を眺めて、ちょっと笑うと、

「心配かけてすまないな。父さんのことはもう忘れてくれ。父さんはたぶん──もう長くないと思う」

ユリは青くなって、

「病気なの?」

「まあ……病気と言えば病気かな。しかし、病院で治せるような病気じゃないんだ」

「そんなの、行ってみなきゃ分かんないじゃない! ね、一緒に帰ろうよ! 明日一緒に病院に行ってあげる」

久野も、どう話していいか分からず、困惑している様子だった。

そのとき、

「ユリ！」

と、声がした。

「お母さん……」

スーツ姿の中年女性がやってきた。

「良子《よしこ》……。お前も来たのか」

「ユリの後を尾《つ》けてきたの」

と、久野の妻は言って、ベンチの方へ歩み寄ると、

「ユリ、帰るわよ」

「お父さんも一緒じゃなくちゃ」

と、ユリは久野の腕をつかんだ。

「仕方ないでしょ。お父さんが帰りたくないって言ってるんだから。さあ、行くわよ」

良子がユリの腕を取ろうとすると、

「いやだ！」

ユリは父親にしっかりと抱きついた。

「ユリ……。お前の気持ちは嬉しいがな、これにはいろいろわけがあるんだ。今日はおとなしく帰ってくれ」

「お父さん……」

「そのうち——帰れるようになったら必ず帰るよ。本当だ」

ユリは涙ぐんでいたが、

「——約束する？」

「ああ、約束する」

「分かったわ……」

ユリは父親から離れると、涙を拭《ぬぐ》って立ち上がった。

「さあ、行きましょ」

と、良子が促して、ユリは歩き出したが、ちょっと振り返って、

「お父さん、体に気をつけてね」

と言った。

「ああ……。ありがとう」

久野が手を上げてみせる。

ユリは歩き出し、良子が少し足早に先に立ったが——。

ユリが突然、

「痛い！」

と、脇腹を押さえて、よろけた。

「ユリ、どうしたの？」

「分かんないけど……。今、いきなりお腹《なか》をけられたみたいで……」

ユリは呻《うめ》いてうずくまった。

クロロックが舌打ちした。

「これはいかん！　あの娘に、影の呪いがうつったな」

「まさか！」

二人は木立の間から出ていった。

久野は食べかけていた弁当を放り出して、

「ユリ！　まさかお前……」

と、駆け寄る。

「痛い！　左腕が……」

「良子、ユリから離れろ！」

「何ですって？　痛がってるのに――」

「だからだ！　お前がユリの影を踏んでいるんだ」

「何ですって？　あなた、何を言ってるの？」

「早くどけ！」

と、久野は良子を突き飛ばした。

「――何するの！」

と、良子は言い返した。

「待ちなさい」

と、クロロックが二人の間に割って入った。

「冷静になって。二人でケンカしていては仕方ない」

「何、あなた？　余計な口を出さないで」

と、良子はクロロックを押しのけた。

「あ――」

クロロックの足が、久野の影を踏んだ。

しかし、久野は何ともないらしい。

「久野さん。あなたの代わりに娘さんが……」

と、エリカは言った。

「何てことだ……」

久野はユリを抱きしめて、

「俺に戻してくれ！　お願いだ！」

と、呻くように言った。

良子が当惑して、

「どうしたっていうの？」

と言った……。

「これって……悪い夢なの？」

と、良子が言った。

「夢ならどんなにいいか」

久野はユリの手を取って、

「すまない……。きっと助けてやるからな」

「お父さん……。私、大丈夫よ」

ユリはベッドで寝ていた。

「ともかく、今は眠れ。――ここなら影を傷つけられる心配もない」

と、クロロックは言った。

久野の家である。

クロロックが、今度はユリを抱いてここまで運んだ。

――事情を久野が打ち明けても、良子はなかなか納得しなかったが、現実にユリが影を踏まれて苦痛を訴えるのを見ると、信じないわけにいかなかった……。

「あなた……。どうしたらいいの？」

「分からん。——クロロックさん、あなたはふしぎな力をお持ちのようだ。どうにかなりませんか」

と、久野はクロロックの方へと身をのり出す。

「鍵は、『影のない男』だな」

と、クロロックは言った。

「それは——何のことです？」

「公園で、あんたに話しかけた男を憶えているか」

「ええ……。背の高い、何だか外国人のような……」

「あの男には影がなかった」

久野は啞然として、

「本当ですか！　でも、そんなことが——」

「理屈ではあり得ない。しかし、実際にいたのだ」

「あなた……」

と、良子が夫の手を握って、

「ユリを何とか助けないと」

「分かってる」

「あの男を前にも見たことが？」

「いえ、あのときが初めてです」

クロロックは少し考え込んでいたが、

「――いずれ、またあそこにやってくるだろう。夜になったら、公園で待ってみることだ」

「分かりました。毎晩待ってみます」

「一日二日で現れればいいがな」

と、クロロックは言った。

「ユリはどうするの？」

「仕方ない。ずっと部屋にいるしかないんだ。外へ出れば、いつ車にでも影をひかれるかもしれない」

「可哀そうに……」

「俺のせいだ。あのとき、夏川《なつかわ》を叩き出さなければ……」

「夏川紘一《こういち》か……」

クロロックは何か思いついた様子だった。

墓地

エリカは、人気《ひとけ》のない広い墓地の中を歩いていた。

よく晴れて、穏やかな日だ。

「――これね」

〈夏川《なつかわ》家之墓〉という墓石を見つける。

エリカは持ってきた花を供え、墓に向かって手を合わせた。

足音がして、

「どちら様でしょう？」

と、スーツ姿の若い女性が花を手に立っていた。

「こちらは……」

「父の墓です」

「じゃ、夏川紘一《こういち》さんのお嬢さんですか」

と、エリカは言った。

――夏川友子《ともこ》、二十八歳。

「父と二人暮らしでしたから」

と、友子は墓地を歩きながら、

「父があんな死に方をして、大変でした」

「そうでしょうね。今、お勤めですか？」

「派遣社員です。――本当は正社員にしてくれるところでしたが、父のことで、私が支援してくれる方たちと一緒に、父の死の責任を松原《まつばら》市長にただしていく活動をしているものですから」

「階段から突き落とされて亡くなったんですね」

「明らかに殺人です。でも、警察はちゃんと調べもせず、『過失』で片づけてしまいました」

友子は、厳しい表情で言った。

「父を連れ出すように命じた課長は辞めましたが、それだけです」

「そのときの事情、ご存じですか」

「ええ。父が、大臣の影を踏んだ、とか……。そんな馬鹿げた話、聞いたこともありません」

「お気持ちは分かります」

と、エリカは言った。

「その課長さん——久野《くの》さんのことで、お話があるんですけど」

「冗談でも何でもありません」

と、エリカは事情を説明して、

「信じていただけます?」

「信じますが、同情する気にはなれません」

墓地の中、ベンチにかけて、二人は話していた。

「お気持ちは分かります。でも、久野さんの娘さんには何の罪もありません」

「父にも罪はありませんでした」

と、夏川友子は言って立ち上がると、

「私と同じだけ苦しまなければ、赦《ゆる》すことはできません」

と、叩きつけるように言って立ち去った。

一陣の風が吹き抜けていく。

エリカは、木立のかげからクロロックが出てくると、

「聞いてた？」

「もちろんだ。——可哀そうな娘だな」

と、クロロックは言った。

「どうするの？」

「いや、向こうからやってくるだろう。あの男には『影』が必要なのだ」

「じゃ、あの公園に？」

「夜でなければ現れまい。——帰るとするか」

と、クロロックは促した。

真夜中を過ぎて、一時間。

ベンチに腰をおろした久野は、じっと身じろぎもせず待っていた。

「——今夜は来ないのかな」

エリカたちは木立の中に隠れていた。

「まあ待て。たぶんそろそろやってくるだろう……」

足音がした。

あの長身の男がやってきた。

「待っていましたよ」

久野は立ち上がった。

街灯の光を受けていたが、その男には影がなかった。

「会いたいだろうと思った」

と、男は言った。

「娘が私の代わりに、影の痛みを引き受けています。あなたには娘が救えるんですか?」

「条件を呑めば」

「言って下さい!　私で代われるものなら、代わって死んでもいい」

「いい覚悟だ」

と、男は肯《うなず》いて、

「条件は一つ。私にお前の影をくれることだ」

「影を?」

「私は、ある呪いを受けて影を失った。これほど辛《つら》いものはない。お前が影をくれるというのなら、娘の苦痛は取り除ける」

「娘は影を失わないですむんですね?」

「そうだ」

久野は深く息をついて、

「分かりました。――影を差し上げましょう」

「本当かな？　決心は変わらないか」

「もちろん。その代わり、娘が元の通りになったと見届けてからに」

「いいだろう」

と、男は言った。

「では、どうすれば？」

「墓地へ連れてこい。娘を」

「墓地？　どこの？」

「夏川紘一の墓のある墓地だ」

男はそう言って、

「明日の真夜中に」

と、付け加えると、足早に立ち去った。

「お父さん……」

「うむ。やはりあの墓地なのだな」

と、クロロックは言った……。

月明かりに、ユリの影が落ちていた。

「ゆっくり行こう」

と、久野は娘の肩を抱いて一緒に歩いていた。

「お父さん、私、どうなるの？」

と、ユリが言った。

「一生このままなの？」

「そんなことはない。大丈夫だ」

ユリの肩を抱く手に力がこもる。

墓の間から、あの男が現れた。

「——約束通り、来たぞ」

と、久野は足を止めて、

「娘を元の通りにしてもらおう」

「お前の影をもらってからだ」

「約束が違う！」

「いやなら、娘をそのまま連れて帰れ」

久野は深呼吸をすると、

「――分かった。その代わり、娘をちゃんと元の通りに戻してくれ」

「分かっている」

男は右手を前へ出し、

「こっちへ来い。お前だけだ」

久野はユリの肩を叩いて、

「ここにいろ」

「でも……」

「心配するな」

久野はゆっくりと進み出た。

「そうだ。――もっと近くへ来い」

男の指先が、久野の肩に触れようとしたとき、

「待って！」

と、声がした。

墓石のかげから、夏川友子《ともこ》が現れると、

「いけないわ」

と言った。

「その人はあなたの影を奪うだけ。娘さんは元に戻らない」

「あなたは確か……」

「夏川友子。夏川紘一の娘です」

久野は、その場に膝をつくと、

「申し訳ない！」

と、両手をついて頭を下げた。

「私を殺して下さい。でも、娘に罪はない」

「父にも罪はありませんでした」

「その通りです。私は……愚かだった」

影のない男が、

「誓ったはずだぞ！」

と、友子へ言った。

「でも間違っていました。――娘さんの苦痛を取り除いてあげるわ」

「影をよこせ！」

男が久野へと飛びかかり、首に手をかけた。

「お前は死ね！　死ねば影はいらない！」

そのとき、男の手をクロロックがぐいとつかんで、引き離した。

「誰だ！」

「私は吸血族の者。お前のような不幸な呪いを受けた者とは似た運命だ」

と、クロロックは言った。

「それなら、俺の味方をしろ！」

「我らは『影の中で生きる』のだ。人間の幸せを奪ってはならん」

「知るか！」

男がクロロックへつかみかかる。

クロロックの手から熱いエネルギーが伝わると、男の体は一瞬で炎に包まれた。

男はたちまち灰になって消えた。

「――何てことだ」

久野はユリを抱きしめた。

「お父さん。――何ともないよ！　影を踏んでる！」

「本当だ……」

クロロックは友子の方を見て、

「復讐は果たされたのではないかな？」

と言った。

「あの男の力を借りたのは、久野さんへの憎しみからです」

「久野は苦しみ、悔やんでいる」

「そうですね……。私の心の闇に、あの男がつけ入ったのです」

「あの男も哀れだった。影を失《な》くしてさまよっていた。――影を奪うチャンスだと思ったのだ」

「あなたは……エリカさんのお父様ですね」

「その通り」

「久野さん」

と、友子は言った。

「ときどきは、この父の墓に花を供えてやって下さい」

「はい！　必ず」

久野はユリをしっかりと抱きしめた。

「私は……わが家へ戻ります」

友子は墓石の裏へ回ると、姿を消した。

「あの人は……」

と、ユリが呆然とする。

「父親の死後、一カ月して自ら命を絶ったのだ」

と、クロロックは言った。

「じゃあ……今のは幽霊？」

「そういうことだな」

ユリは、墓石の前に立つと手を合わせ、

「でも——すてきな幽霊だった！」

と、微笑んだ。

エリカは息をついて、

「幽霊と話すなんて、あんまりないことだよね」

と言った。

「まあ、そうだな」

クロロックはフワリとマントを翻《ひるがえ》し、

「帰るか。——たとえ相手が幽霊でも、うちの奥さんは妬《や》きそうだからな」

と、急いで家路についたのである……。

解　説

中《なか》村《むら》志《し》津《づ》枝《え》

私が赤川先生のファンクラブで事務局のお仕事をするようになって、もう三十年以上。先生とも、ずいぶん長いおつきあいになりました。

初めて先生にお会いしたのは、今からもう四十年以上前のこと。当時私は、推理作家協会の書記局に勤めていたんですが、ちょうど赤川先生がデビュー作『幽霊列車』で第十五回オール讀物推理小説新人賞を受賞されて、協会に挨拶しに来られたんですね。その時にお目にかかりました。

当時の赤川先生は、まだ二十代。とっても華奢でかわいくて、しかも謙虚。もう、こちらが支えてあげたくなっちゃうようなイケメンだったんですよ。ところが、受賞作の『幽霊列車』を読ませていただいたら「これは既存の推理小説とまったく違う！」と、その新しさに驚かされました。推理小説っていうと、普通は恨みつらみが理由で殺人事件が起こるのが王道です。でも赤川先生の作品はそうではなくて、根底に人間の優しさが流れている。物語の中に悪役はいるんだけど、最後には人間の心のあたたかさや真心に訴えかけるような展開が待っています。そこにすごく心をつかまれて。すごい人がデビューしたなと感じたものです。

それから何年かして、赤川先生のファンクラブで事務局のお仕事をさせていただくことになったのですが、不思議なご縁だなと思っています。

赤川次郎ファンクラブについて、どんなことをしているのかご存じない方もおられるでしょうから、活動内容について簡単にご紹介しておきましょう。

まず、年に四回の会誌の発行。この会誌でしか読めない赤川先生のショートショートを会員の応募したタイトルで、肉筆原稿のままで掲載しているのが目玉ですね。次に、赤川先生とファンが直接交流するパーティ「ファンの集《つど》い」の開催。全国のファンのみなさんに広くご参加いただけるよう、毎年夏に東京と地方で一回ずつ開催しています。それから、赤川先生の膨大な著作を網羅する全作品リストも毎年更新して、会員のみなさんに配布しています。

約千人もの会員を抱える組織を取り回すわけですから、事務作業や会誌のネタを集める編集作業も毎号大変。ですが、会員や会長さんの協力のもと頑張ってます。会員のみなさんからの反響があると、大変さは吹き飛んで、「次もがんばろう」と思うのです。何十年も続いているファンクラブですから、ファン同士がお友達になって、パーティの会場で仲良く盛り上がっているところを見ると、すごく嬉しい。中には、ファンクラブで出会ったのがご縁で会員同士が結婚されたとか、会員の方のお子さんが成長して赤川先生の作品を読むようになり、親子でパーティに参加してくださるようなこともあって。そういう様子を見ていると、本当に事務局冥利《みょうり》につきます。個性的な読者の方もとっても多く、赤川先生も、応援してくださるファンのことはよく覚えていらっしゃって、ファンクラブの打ち合わせの時に話題に上がったりします。

私、ファンクラブの仕事を任せていただいてることもあって、赤川先生の著作は全部持っています。もちろん、『吸血鬼はお年ごろ』シリーズもすべて。『吸血鬼はお年ごろ』シリーズは、吸血鬼といえば夜な夜な美女の血をすするような「悪」のイメージが当たり前だった時代に、「人を傷つけない正義の吸血鬼」であるフォン・クロロックというキャラクターを生み出したアイデアがすごいですよね。さらに〈正統な〉という形容詞をつけることで、クロロックの「闇に生きる存在だけれど、決して人を傷つけない」という生き方を表現している。吸血族なのに、人間以上に人間味があって、とてもチャーミング。そんなクロロックはすごく魅力的で、このシリーズの陰の主人公というにふさわしい存在です。

一方で、名実ともにシリーズの主人公を務めるのはクロロックの娘であるエリカ。彼女を「吸血鬼と人間のハーフ」にしたところが、またうまい。人間の血を引くエリカが現実の世界との「のりしろ」の役割を果たしているから、人間世界の物語を書くことができるわけなんですね。

女子大生のエリカは、若さに溢れて自由で、自分の言いたいことをきっぱりと言える、意思の強い女性。赤川先生の作品には、エリカのようなタイプの女性がよく出てきます。以前それについてお聞きしてみたら「だって、そういう子が出てこないと話が先へ進まないでしょう」って言われて、確かに、と笑ってしまいました。

物語を作るうえでの事情はあるでしょうが、私は、先生ご自身が意思の強い女性をお好きなんだと思っています。だって、クロロックの後妻の涼子《りょうこ》を見てください。かわいくて、でも気が強くて焼き餅焼きで、完全にクロロックを尻に敷いていて……でも、クロロックのことを心から愛しています。クロロックも恐妻家として描かれてはいるけれど、心底涼子に惚れている。ふたりはラブラブ夫婦なんですよね。実は、赤川先生ご自身もご家族をすごく大切にしていて、奥様には頭の上がらないところがあるので、涼子という女性像はすごく赤川先生らしいキャラクターだなあ、と以前からこっそり思っています。

『吸血鬼はお年ごろ』シリーズは、四十年以上も続いているシリーズなので、執筆当時の赤川先生のちょっとした状況が作品に反映されているように感じます。『吸血鬼ドックへご案内』は、収録されている三つのエピソードにすべて人外の敵が登場して、クロロックが派手なアクションシーンを繰り広げているんですが、この作品の執筆時期、確か赤川先生はホームシアターに凝って、ご自宅で映画をたくさん見ていらした記憶があります。ドラマチックで派手なエピソードが続いたのは、その影響が少しあったのかな？　と思いました。一方で、ずいぶん前に書かれたエピソードを今ひもといても、違和感なく読めてしまうのもこのシリーズの面白いところです。赤川先生の作品は、特定の時代や場所が舞台に設定されないし、文章もシンプルに削《そ》ぎ落とされていて、読んでいる側が想像で補いながら読めるように作ってある。今回、集英社文庫版としてこの解説が載る『吸血鬼ドックへご案内』も、最初のコバルト文庫版は二〇〇九年に刊行されていますが、今読んでも変わらず面白いですよね。

「赤川作品は時代を超える」ということに加えて、もう一つみなさんにお伝えしたいのが「赤川作品は世代を超える」ということ。現代の小学生にも、赤川先生の作品は読まれています。決して子ども向けに書かれた作品ではないけれど、子どもが読んでも理解できるし、大人が読めば大人なりの解釈で楽しめる。難解な言葉を使わず、わかりやすくシンプルな文章で書かれているからこそ、誰にでも楽しめる作品になっていて、そこが本当に素晴らしいところだと思っています。だから、コバルト文庫で刊行された『吸血鬼はお年ごろ』シリーズが、集英社文庫として装いも新たに刊行されることで、また手に取ってくれる読者が増えるでしょうね。ファンクラブとしても、今後新しく会員に加わってくれる読者の方は大歓迎。赤川作品の奥の深さに触れていただけたら嬉しいです。

ファンクラブでは、毎年夏に「ファンの集い」を開催するのが恒例でしたが、新型コロナウイルス感染拡大の影響で、二〇二〇年以降は中止の状況が続いています。事務局としてとても残念ですし、赤川先生はそれ以上に寂しいと思っていらっしゃいます。日々創作に打ち込んでいる赤川先生にとって、自分の作品を読んでくれる読者の方、応援してくれるファンクラブの会員の存在は、人生の支え。パーティの場で会員のみなさんにご挨拶して、一緒にゲームを楽しんで、生原稿をプレゼントしたり、お話をしたり……ファンと一緒に楽しむ時間を、先生自身が誰よりも切望していると思います。

会員のみなさんからも、「今年はみんなに会いたい」「来年こそ」の声が日々届いています。近い将来、必ずまたみなさんと再会する場が持てるよう、これからも事務局としてファンクラブの活動を支えていきたいです。

（なかむら・しづえ　赤川次郎ファンクラブ事務局局長）

赤川次郎ファン・クラブ

三毛猫ホームズと仲間たち

入会のご案内

会員特典

会誌「三毛猫ホームズの事件簿」（年4回発行）

会誌の内容は、会員だけが読めるショートショート（肉筆原稿を掲載）、赤川先生の近況報告、先生への質問コーナーなど盛りだくさん。

ファンの集いを開催

毎年夏、ファンの集いを開催。美味しい食事を楽しみながら、賞品が当たるクイズ・コーナー、サイン会など、先生と直接お話しできる数少ない機会です。

「赤川次郎全作品リスト」

全作品を検索できる目録を毎年5月に更新。ファン必携のリストです。

ご入会希望の方は、必ず封書で、郵便番号、住所、氏名を明記の上、
84円切手1枚を同封し、下記までお送りください。
（個人情報は、規定により本来の目的以外に使用せず大切に扱わせていただきます）

〒112-8011 東京都文京区音羽1-16-6
（株）光文社　文庫編集部内
「赤川次郎F・Cに入りたい」係

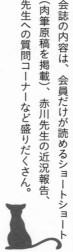

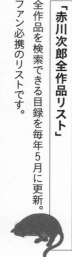

この作品は二〇〇九年七月、集英社コバルト文庫より刊行されました。

赤川次郎の本

東京零年

巨大な権力によって闇に葬られた事件。その真相を追う若者たちの前に、公権力の壁が立ち塞がり……。巨匠が今の世に問う、渾身の社会派サスペンス。第50回吉川英治文学賞受賞作！

集英社文庫

吸血鬼《きゅうけつき》ドックへご案内《あんない》

2022年6月25日　第1刷　　定価はカバーに表示してあります。

著　者　赤川次郎《あかがわじろう》
発行者　徳永　真
発行所　株式会社　集英社
東京都千代田区一ツ橋2-5-10　〒101-8050
電話　【編集部】03-3230-6095
【読者係】03-3230-6080
【販売部】03-3230-6393（書店専用）
印　刷　大日本印刷株式会社
製　本　大日本印刷株式会社

フォーマットデザイン　アリヤマデザインストア　　マークデザイン　居山浩二

ISBN978-4-08-744402-5 C0193